Morget

LA MADONE
AUX VIOLETTES

Déjà parus
dans la collection « Turquoise »

ÈVE SAINT-BENOÎT

LA MADONE AUX VIOLETTES

PRESSES DE LA CITÉ

9797 rue Tolhurst, Montréal H3L 2Z7 - Tél.: 387-7316

La loi du 11 mars 1957 n'autorisant, aux termes des alinéas 2 et 3 de l'Article 41, d'une part, que les *copies ou reproductions strictement réservées à l'usage privé du copiste et non destinées à une utilisation collective,* et, d'autre part, que les analyses et les courtes citations,dans un but d'exemple et d'illustration, *toute représentation ou reproduction intégrale ou partielle, faite sans le consentement de l'auteur ou de ses ayants droit ou ayants cause, est illicite* (alinéa 1er de l'Article 40).

Cette représentation ou reproduction, par quelque procédé que ce soit, constituerait donc une contrefaçon sanctionnée par les Articles 425 et suivants du Code Pénal.

1

La chaloupe tanguait. Annabelle s'agrippa au bordage. Le clapotis de l'eau sur la coque et l'incessant balancement de l'esquif de gauche à droite lui soulevaient le cœur. Fermant les yeux, elle offrit son visage à la caresse de la brise. Soudain, un coup de roulis plus violent faillit la jeter sur le côté. Elle se rattrapa de justesse à la poignée de l'écoutille.

Comme elle se relevait, son regard croisa celui du rameur. L'homme fixait son unique passagère d'un œil concupiscent. Un pli se creusa au coin de sa bouche, se muant progressivement en un rire nasillard et suraigu.

— La petite lady a eu la frousse ! dit-il dans un anglais infâme.

— Non, je fais confiance au marin, répondit-elle.

Il gloussa tout en ramant. Sa silhouette trapue et noire, tassée à la proue, se découpait sur les eaux vertes du port de Larnaca. Enhardi, il reprit :

— La police laisse descendre la petite lady sans passeport ? La petite lady a des appuis.

Elle eut un geste évasif. Le son grave d'une cloche déchira l'atmosphère. Le *King Henry*, amarré tantôt au large, levait l'ancre. Le mince filet blanchâtre qui s'échappait de sa cheminée se mêlait à la brume matinale.

D'une façon inexplicable, Annabelle se sentit seule au monde. Coupée de tout. « Dieu que la France est loin ! » songea-t-elle.

La chaloupe s'approchait du rivage. Déjà, les rayons du soleil naissant dispersaient l'humidité de la nuit.

— On va accoster, déclara le rameur.

A travers les vapeurs, dans l'éblouissante clarté de l'aube, Annabelle put contempler une plage de galets blancs bordée de palmiers. En retrait, elle distingua une rangée de maisons à étages, dont les balcons recouverts ressemblaient à des pigeonniers. Pas un chat alentour. La ville semblait déserte. Comme s'il devinait ses pensées, le rameur observa :

— Trop tôt encore. Tout à l'heure, vous verrez plein de monde.

Annabelle s'évertua à mettre de l'ordre dans les folles bouclettes platinées qui cascadaient sur ses épaules. C'est alors que son cœur bondit dans sa poitrine. Là-bas, sur le ponton en bois monté sur pilotis, un homme se tenait debout.

— Dorian ! murmura-t-elle.

Il l'attendait. Grand et mince comme un cyprès, enserré dans la jaquette écarlate des officiers de Sa Majesté, il attendait Annabelle. L'écusson doré fixé sur sa poitrine brillait tel un second soleil. Aveuglée, elle battit des paupières. Elle l'avait reconnu aussitôt. Comment pouvait-il en être autrement ? Dorian Wilde était là, fascinant et impénétrable, tel qu'il n'avait jamais cessé de hanter toute son enfance. Allait-il la reconnaître lui aussi ?

Le rameur émit un sifflement admiratif.

— Pardon ! commenta-t-il entre les dents, le duc de Clayton en personne ! Je comprends maintenant pourquoi la police a fermé les yeux sur le cas de cette personne.

La barque fendait l'eau, laissant un sillon d'écume à son passage.

— Accrochez-vous ! hurla le rameur.

Elle bondit sur ses pieds, impatiente, ignorant cet avertissement. Le choc de la coque contre une poutre moussue la fit chanceler. L'instant d'après, une main gantée lui saisit un bras, la hissant sans ménagement sur l'embarcadère.

— Merci milord, vous me sauvez la vie !

Sa plaisanterie tomba dans le vide. Sous l'ombre du bicorne, elle ne vit que deux yeux noirs que la colère rétrécissait.

— Ainsi, c'est vous la fameuse demoiselle de Villermont !

La dureté métallique de sa voix la surprit. Il avait prononcé ces mots en français, d'un ton farouche. Le sourire d'Annabelle se figea sur ses lèvres. Sous ce regard d'aigle, elle se sentit mal à l'aise. Pourquoi lui parlait-il ainsi ?

Elle parvint à articuler :

— Oui, Votre Grâce, c'est moi.

Et, comme il la dévisageait intensément, elle ajouta :

— Vous ne me reconnaissez pas ?

— A dire vrai, vous ne ressemblez guère à la fillette que nous avons connue, ma sœur et moi.

Les mots étaient coupants. Elle baissa la tête.

— Et moi, je me souviens de vous comme si c'était hier.

Sa spontanéité eut le don de l'agacer.

— Nous en reparlerons. Suivez-moi.

— Où allons-nous ?

— A la douane, bien sûr. Pensiez-vous que je m'étais déplacé uniquement pour vous souhaiter la bienvenue ?

Oui, elle l'avait pensé. « Je suis folle », se dit-elle. Elle eut un geste de dénégation.

— Non, pas un seul instant, mentit-elle.

Dédaigneux, Dorian Wilde jeta une poignée de piécettes dans la barque. Alors que le rameur, les yeux exorbités, se confondait en remerciements, il se tourna à nouveau vers Annabelle.

— Eh bien, chère cousine ! Ne restez pas plantée là ! Vous parlez anglais, me semble-t-il ?

— Oui, Votre Grâce.

— Alors venez vous expliquer avec le douanier. Vous aurez peut-être une chance de réparer votre étourderie.

« Quelle hargne, pensa-t-elle, surtout dans sa façon de m'appeler cousine. » Le sarcasme qu'elle lisait dans ses yeux sombres était à peine soutenable. « Mais pourquoi ? Pourquoi ? »

Une des planches du ponton craqua d'une façon sinistre. Dorian Wilde, duc de Clayton, marchait vers la plage. Il allait à grandes enjambées et Annabelle dut courir pour le rattraper.

— Ptui !

L'œil torve, le rameur les regarda s'éloigner. Sur sa figure prognathe, la reconnaissance s'était changée en haine. Le seigneur anglais filait en avant et la frêle demoiselle lui emboîtait le pas. Le soleil scintillait sur ses boucles cendrées et sa robe de satin bleu azur semblait bien pâle sous le bleu foncé du ciel. Il tendit son cou plissé pour mieux suivre leur trajet, jusqu'à ce qu'ils aient disparu dans un hangar en torchis. Une enseigne dévorée par l'air salin affichait pompeusement « Customs ». Le rameur cracha avec mépris dans la mer.

— Saletés de Francs ! Rognures ! Qu'ils crèvent la gueule ouverte et que les rats leur grignotent les viscères !

Pour lui, tous les Occidentaux étaient des Francs. Des barbares chrétiens, quoi.

— … Au moins avec les musulmans, on savait à qui on avait affaire ! Que la peste les décime, eux aussi !

Fort de ses malédictions, il appliqua sa rame contre un pilotis pour dégager sa barque. Il était en sueur. La chaleur montait, accablante. La lumière rosée de l'aurore virait au blanc. La chaloupe s'écarta de l'embarcadère et se mit à danser sur les flots.

Annabelle suivit le duc de Clayton dans le hangar. La porte se referma d'elle-même, gémissant de tous ses gonds. A la clarté extérieure succéda une pénombre fraîche où flottaient des relents de tabac froid. Au-dessus d'un comptoir en bois piqueté trônait un portrait de la reine d'Angleterre, impératrice des Indes. Du haut de son cadre rutilant, Victoria souriait béatement à ses nouveaux sujets. Au milieu de la pièce, malles et sacs de voyage gisaient pêle-mêle. Annabelle voulut s'élancer vers ses bagages, mais se ravisa. Elle se sentait encore toute décontenancée par l'accueil glacial de son cousin. Décontenancée et coupable. Le duc s'impatientait.

— Holà ! Il y a quelqu'un dans ce taudis ?

Un douanier se détacha de l'ombre et s'avança vers lui, courbé en deux, servile. Un large sourire fleurissait sur son visage au teint bistre.

— Ha ! vous voilà ! Où sont les bagages de la demoiselle ?

— Ici milord, devant vous.

Il désigna quatre valises en maroquin rouge que le duc inspecta d'un air soupçonneux. Sans daigner se retourner vers Annabelle, il l'interpella :

— Mademoiselle de Villermont, veuillez me signaler s'il manque quelque chose dans vos affaires.

— Il ne manque rien, milord.

Le douanier bomba le torse de satisfaction. Il avait accompli sa mission. Il y eut un silence. Dorian regarda Annabelle. Dans la semi-obscurité, une étrange étincelle traversa le velours noir de ses prunelles. Elle aperçut la blancheur de son sourire et pensa qu'il allait, enfin, lui dire quelque chose de gentil. Elle se trompait.

— Venons au fait, mademoiselle de Villermont. Autant que je puis en juger, vous êtes une jeune personne originale !

Et, comme elle se taisait :

— Votre silence est éloquent. Voici trois semaines que vous avez quitté la Normandie. Vous débarquez du *King Henry* à Chypre pour devenir la dame de compagnie de ma sœur. Est-ce exact ?

Elle le regarda, médusée.

— Les gendarmes m'ont déjà posé des tas de questions.

— Et si cela me plaît de vous les reposer ?

Elle réprima un sanglot.

— Fort bien, répondit-elle, je vous confirme la déposition que j'ai faite aux gendarmes. Je viens à Chypre pour être la dame de compagnie de Lady Mary. Elle m'a confirmé par lettre mon engagement.

— Où est cette lettre ? L'avez-vous ?

— Vous savez bien que non. Vos gendarmes ne vous l'ont pas dit ?

— Mademoiselle, vous n'avez pas l'air de vous rendre compte de la gravité de votre situation.

Annabelle tordait la dentelle bleu pastel de son mouchoir.

— Je l'ai perdue, votre Grâce, ainsi que mon passeport. Ces messieurs ont déjà enregistré mes déclarations.

Il ne parut pas entendre.

— Où l'avez-vous perdue ?

— A Rhodes. Lors de l'escale, je suis descendue sur le port avec d'autres voyageurs dans l'intention d'acheter quelques souvenirs. Il y eut une bousculade. Quelqu'un a dû en profiter pour subtiliser le contenu de mon sac. C'est stupide.

— Stupide, en effet !

Un nouveau silence s'ensuivit, pendant lequel elle eut l'impression qu'il se préparait à énoncer un verdict. Elle lissa machinalement l'étoffe soyeuse de sa robe. Le soleil pénétrait à travers les fentes des cloisons, jetant des flaques de lumière sur le plancher vermoulu. Un rayon éclaira vivement sa chevelure couleur de blé. Dorian Wilde contempla un instant le visage angélique levé vers lui et les grands yeux humides dont les iris étonnamment bleus luisaient à travers l'épaisse frange des cils. « Dieu qu'elle est belle ! » pensa-t-il.

De la petite cousine Annabelle, il n'avait gardé que l'image d'une enfant chétive, aux nattes de filasse, presque blanches. Un petit être rabougri et pâlot qu'il avait promené sur son cheval, un après-midi, dans la forêt d'Arromanches. « Non, ce n'est pas possible. » La maigre créature, tout en coudes et en genoux, qu'il avait connue dix ans auparavant n'avait plus rien à voir avec la nymphe qui se tenait maintenant devant lui, à portée de sa main. La chrysalide s'était transformée en papillon.

— Quand vous êtes-vous aperçue du vol ? demanda-t-il d'une voix singulièrement radoucie.

— Ce matin seulement, lorsque les gendarmes sont montés à bord du navire pour effectuer leur contrôle. C'était affreux.

Une lueur narquoise s'alluma dans les prunelles du duc.

— Et c'est alors que vous leur avez déclaré que vous étiez une Clayton.

— Et que vouliez-vous que je fasse ? Ma grand-mère n'était-elle pas une Clayton, peut-être ?

Sans s'en apercevoir, elle avait haussé le ton. En

vérité, elle luttait contre ses larmes. « Dorian, pensait-elle, Dorian, comme vous avez changé. Est-il possible que ce soit vous, le beau cavalier de mon enfance ? » Non, il n'avait pas changé. En apparence du moins. Quelques fils d'argent striaient la masse mordorée de ses cheveux. Il avait gardé intacts les traits de son visage, la grande bouche charnue, le nez légèrement aquilin, les yeux... non ! pas les yeux ! Son regard s'était aiguisé. Durci. Alors que le jeune homme qui l'avait tenue serrée contre lui, sur son cheval... La voix du duc de Clayton, tranchante comme un coup de cravache, l'éjecta de ces réminiscences.

— Mettez-vous à ma place. Je me suis vu réveiller à quatre heures du matin par une escouade de gendarmes. Ils tambourinaient comme des rustres à ma porte. J'étais fou de rage.

— Je suis désolée. C'était nécessaire.

— Ah oui ? Vous êtes bien présomptueuse.

« Il ne digère pas que je me fasse passer pour une Clayton », pensa Annabelle dont le front s'empourpra.

— Faut-il que je vous supplie à genoux ? Vous étiez plus indulgent, autrefois. J'en ai assez, à la fin !

Il se mit à arpenter le sol d'un pas rigide. Excédée, elle poursuivit d'un trait :

— Pourquoi me traitez-vous comme une intruse ?

— Calmez-vous, je vous prie.

Elle secoua ses boucles.

— Me calmer ? J'avais pensé que je venais rejoindre mon unique famille. Naïve ! J'étais naïve ! Pour vous, je ne suis qu'une parente pauvre. Une malvenue. Rien du tout, en somme !

Ses lèvres roses frémirent et des larmes jaillirent du coin de ses grands yeux. Dorian Wilde détourna la tête. Il détestait les pleurnicheries. Attendri, le douanier toussota. Il ne parlait pas le français et ne comprenait rien à ce qui se tramait. Or la détresse de la

14

jeune inconnue se passait de mots. « Pourquoi pleure-t-elle ? pensa-t-il, étonné, puisqu'elle est la cousine du puissant Clayton, il n'y a plus de problème. La question est arrangée d'elle-même. » Il fit un pas en avant, tendit une main hésitante vers la frêle épaule enrobée de satin. N'osant l'effleurer, il remit sa main dans sa poche.

— C'est arrangé, miss, fit-il maladroitement, dans son anglais cassé, pour nous autres, la parole du duc suffit.

Elle le gratifia d'un pauvre sourire.

— Merci monsieur, mais je désire repartir.

La mine du douanier s'allongea.

— Allons donc, comment voulez-vous repartir ?

— Avec le prochain bateau.

— Il ne repassera que dans trois semaines. Peut-être plus.

— J'attendrai. Où puis-je loger, en attendant ?

Affolé, le pauvre homme se mit à tirer nerveusement sur un des boutons qui ornaient son veston en serge bleu marine.

— Vous n'y songez pas ! Ici les auberges sont mal fréquentées.

Le bouton céda et rebondit sur le plancher.

— C'est impossible ! Impossible ! répéta le douanier.

Le duc de Clayton suivait la scène avec un demi-sourire. Il ne pouvait s'empêcher d'admirer la grâce et la beauté d'Annabelle. Son courage aussi. N'importe quelle femme de son entourage aurait plié depuis longtemps. Il fit claquer ses talons, mettant fin à l'intervention du douanier. Celui-ci réintégra sa place initiale, dans l'ombre.

Le duc s'approcha d'Annabelle. Elle continuait à malaxer son mouchoir en dentelle, tout trempé de pleurs. Il en fut ému et lui saisit délicatement le

15

poignet. Elle frissonna. A travers la peau souple du gant, elle percevait la chaleur de sa paume. Il la dominait de toute sa hauteur.

— Ne pleurez plus. Mon cocher vous conduira auprès de Lady Mary. Nous sommes en retard et elle doit s'inquiéter.

Tout en parlant, il caressa de son pouce la main de la jeune fille. Elle le regarda, perplexe.

— Et mes papiers ?

Il sourit.

— Vous avez su conquérir le douanier, l'avez-vous oublié ? Il établira un laissez-passer à votre nom, en attendant que le consul français vous délivre un nouveau passeport.

Un profond soupir de soulagement souleva la poitrine d'Annabelle.

— Enfin, je vous retrouve ! s'exclama-t-elle joyeusement.

La caresse sur sa main cessa net. Les traits de Dorian se contractèrent et elle nota une fugitive expression d'incrédulité sur son visage. La réponse tomba, sèche :

— Pour l'amour du ciel, ne me parlez pas du passé. Pas maintenant.

Il se rua vers la porte qu'il poussa d'un pied rageur. Un torrent de lumière crue inonda le hangar. Il leva le visage vers le ciel, comme pour défier le soleil.

— Assez parlé. Partons, assena-t-il.

— Mais, mes bagages ?

— Lady Mary enverra un domestique les chercher. Dépêchez-vous.

Elle s'élança à ses trousses. Sous le chambranle, elle s'immobilisa, éblouie par l'insoutenable clarté du jour. Les galets de la plage étincelaient comme des miroirs ardents.

— Par ici, dit Dorian, nous allons traverser le Strand.

Annabelle poussa un cri de surprise. Une animation intense régnait dans la rue qui longeait le bord de mer. Une foule bigarrée grouillait dans tous les sens, a..airée à soupeser, à marchander, à échanger, dans un va-et-vient incessant. Des éclats de voix, des bribes de dialogue dans un langage musical aux consonances antiques, transformaient le marché en une véritable tour de Babel. Dorian Wilde se fraya un chemin parmi les étalages et les cageots de légumes. Un vieillard en chausses noires, la tête ensevelie sous un bandeau, exhibait aux badauds une oie bien grasse, qu'il tenait par le cou. Le malheureux volatile se débattait, perdait ses plumes, arrachant des rires à l'assistance.

Annabelle ne se lassait pas de contempler le spectacle. Elle nota que les gens s'écartaient au passage de Dorian. Etait-ce son uniforme rouge et blanc, ses épaulettes dorées, ou la lame acérée de son épée qui les maintenait en respect ? Il lui sembla, cependant, qu'une indicible rumeur faisait vibrer la foule.

— Attendez-moi ! cria-t-elle.

Sa voix se perdit dans le brouhaha. Dorian Wilde pressait le pas. Au passage, il salua un groupe de gendarmes turcs, reconnaissables à leur pantalon bouffant et au yatagan qui agrémentait leur ceinture.

— *Bou-youroum, effendi !* lancèrent-ils, en inclinant leurs têtes enrubannées.

Annabelle marchait au milieu d'une cohue de plus en plus dense. L'implacable soleil de juillet dardait sur le Strand ses rayons de plomb. A travers les ajours des balcons qui dominaient la ruelle, elle crut déceler des déplacements furtifs. Il y stagnait une lourde odeur d'encens et de poisson frit. Les costumes aux couleurs acides, la profusion de produits exotiques, les visages

fardés de certaines femmes, ce défilé de scènes inatten-
dues, tout lui donnait l'impression de déambuler sur
un immense plateau de théâtre.

Du haut de leur charrette, deux truies blanches
lançaient leurs grognements, le groin aplati sur les
barreaux. A deux pas de là, un grand gaillard basané
affûtait son coutelas en roulant des yeux. Inexplicable
sentiment ! Il sembla à Annabelle que la tension
montait et que la population manifestait une sorte
d'hostilité contenue à l'égard du duc de Clayton. Des
murmures s'élevèrent parmi les gens et, à un moment
donné, elle crut comprendre certains mots en anglais :

— Sale traître ! Cochon !

Dorian marchait toujours en avant, dépassant la
populace d'une tête. On entendit un grognement
déchirant, suivi d'un bruit mat. Se retournant, Annabelle aperçut une des truies s'affaisser, le coutelas
planté dans la gorge. Un sang épais maculait le foin de
la charrette, dégouttant sur le pavement.

La jeune fille, saisie de nausée, porta une main à son
front glacé et trébucha. Le duc de Clayton revint sur
ses pas. Il la découvrit, chancelante, appuyée au bras
d'une paysanne.

Il se renfrogna.

— Que vous arrive-t-il encore ? bougonna-t-il.

— Je ne supporte pas la vue du sang.

Un ricanement perça de la foule. Dorian Wilde
blêmit.

— Allons, relevez-vous. Vous êtes bien douillette.

— Je ne peux pas. J'ai manqué m'évanouir. Je suis
encore debout grâce à cette femme.

— Faites un effort. Vous vous rendez ridicule
devant ces misérables !

La paysanne cria quelque chose en secouant Annabelle par le bras. Son visage tanné était grave et dans son
regard l'admiration se mêlait à la crainte. Soudain, elle

dégrafa de son corsage un bouquet de violettes et le posa dans la main de la jeune fille.

— *I Panayia !* affirma-t-elle.

Un enivrant parfum enveloppa Annabelle. Elle aurait voulu remercier la paysanne, mais celle-ci, en s'essuyant les yeux avec le coin de son tablier, avait déjà disparu dans la foule. Ce fut comme un ordre de dispersion. Chacun se dépêcha de vaquer à ses occupations.

— Quels gens bizarres, dit Annabelle.

Dorian Wilde éclata de rire.

— Cette pauvre femme vous a prise pour la Madone aux violettes.

Annabelle fronça ses minces sourcils. Elle devinait que l'hilarité de son compagnon était feinte.

— Je n'aurais jamais pensé qu'il puisse y avoir des violettes en cette saison.

Il lui entoura les épaules d'un bras protecteur.

— Allons-nous-en, chuchota-t-il.

Une pointe d'inquiétude transparaissait dans sa voix. Ils avancèrent de quelques pas. Annabelle brûlait de savoir.

— Expliquez-moi cette énigme.

— C'est une longue histoire. Larnaca est la ville des violettes. Elle est aussi la ville de la Madone. Il existe une icône, à l'église de la Panayia, que les paysans prétendent miraculeuse.

— Et alors ?

Il lui jeta un regard sombre.

— Rien. Les insulaires sont de grands imaginatifs. Ils se nourrissent de mythes et de légendes.

Elle le sentit terriblement tendu.

— Vous n'avez pas répondu à ma question, insista-t-elle.

— Eh bien, fit-il un peu agacé, le peuple s'imagine qu'à chaque fois que les violettes de la Madone fleurissent hors saison, c'est signe qu'un événement extraordinaire va survenir, dans le mois.

— Quel sorte d'événement ?

— Un miracle ou un fléau.

Songeuse, Annabelle examina son bouquet.

— Cela s'est-il déjà produit ?

Il grimaça un sourire.

— On raconte qu'une seconde floraison a eu lieu en 1506, lorsque les janissaires du sultan ont égorgé deux cents prêtres orthodoxes. Et qu'une semblable aurait averti les fidèles en 1821 que la révolution grecque allait éclater. Nous sommes en 1880, le 15 juillet. Que peut-il arriver d'ici le 15 août ?

Dorian s'interrompit. Annabelle tremblait comme une feuille. Il relâcha son étreinte, arborant une moue de mépris.

— Ma chère cousine ! Vous attachez de l'importance à ces bêtises ?

Elle essaya en vain de maîtriser ses tremblements.

— Le fait est qu'elles ont fleuri ! murmura-t-elle.

Il se contenta d'un sourire ironique.

— Oubliez donc tout cela. Voilà mon landau qui nous attend.

Ils avaient laissé le marché loin derrière eux. Annabelle ne s'en était pas rendu compte. Elle était imprégnée par la sensation que ces fleurs, dont le velours mauve se flétrissait déjà, lui étaient destinées. « Miracle ou fléau ? » se demanda-t-elle avec angoisse.

Capôte rabattue, le landau ducal glissait le long du trottoir. C'était une somptueuse voiture aux dorures un peu passées. Un gracieux alézan piaffait à l'avant. Le duc aida Annabelle à se hisser sur la banquette arrière. Elle se laissa tomber sur le siège capitonné, ivre de fatigue. Dorian scruta la jeune fille alanguie, en plissant le front. D'un air mystérieux, il pointa un doigt vers un buste en marbre blanc qui se dressait au milieu de la chaussée. Juché sur sa stèle, il semblait les considérer de ses orbites aveugles.

— Puisque vous êtes férue de légendes, je vous présente Cimon l'Athénien. Méfiez-vous, mademoiselle de Villermont, on dit qu'il connaît toutes nos pensées, même les plus secrètes.

Elle le regarda, sans comprendre.

— Je n'ai rien à cacher, Votre Grâce.

— Vraiment ? Une belle fille comme vous ?

L'intonation glaciale contrastait étrangement avec la douceur du compliment. Sans transition, il se tourna vers le cocher en livrée qui somnolait sur son perchoir.

— Au château ! ordonna-t-il.

L'homme bondit et fit claquer son fouet.

Dorian Wilde resta debout un bon moment. Les bras ballants, il regardait le landau caracoler dans la pierraille. Ses yeux noirs lançaient des éclairs. Sa bouche s'incurva dans un rictus de colère.

— Comédienne ! lança-t-il.

Il fourra sa main dans sa poche et en sortit un morceau de papier froissé, roulé en boule. Il ne prit pas la peine de le lire, car il connaissait par cœur chaque mot gravé à la mine de plomb. « Votre Grâce, une espionne à la solde d'une puissance étrangère sera placée dans votre maison. » Ce message était signé du nom d'un de ses indicateurs.

Le landau avait disparu. Seule une nuée de fine poussière attestait de son passage. Le duc de Clayton écrasa la boule de papier. Il songea à la beauté d'Annabelle. Un sourire amer fendit ses lèvres. « Si jolie, si jeune et si perverse... » Etait-il possible que ces yeux innocents soient les miroirs trompeurs d'une âme noire ?

Il serra les mâchoires.

— Qui que tu sois, murmura-t-il, si tu es venue pour me tromper, si ton visage d'ange n'est que le masque du démon, alors, gare à toi! Je te briserai!

2

Le landau avait quitté la route poudreuse et s'était engagé dans une allée pavée, bordée d'acacias. Annabelle, étendue mollement sur son siège, regardait défiler, derrière les arbres, un paysage fait de craie blanche et de lumière. La chaleur faisait vibrer les couleurs et les images. Des milliers de cigales poussaient leur musique stridente, folle. Des caroubiers bleu foncé jetaient leur ombre dans la blancheur du paysage.

Des villages terreux, bâtis en pisé, croupissaient au flanc des collines chauves. Visions fugitives qui disparaissaient à chaque tournant. La route serpentait. Maintenant, la voiture longeait une oliveraie. Annabelle respira profondément les odeurs cuivrées de l'été. Mais son esprit voguait ailleurs. En contemplant le vert argenté et changeant des feuilles minuscules, elle lui substituait involontairement un vert émeraude tirant sur l'or, une forêt baignée d'une lumière fauve, celle d'Arromanches. Son cœur se serra.

Un cavalier surgit dans sa mémoire, de noir vêtu, sur un cheval également noir, comme la nuit. Ses cheveux brun mordoré flottaient autour de son visage et ses yeux étaient si sombres qu'ils projetaient des ombres

sur ses joues. Sur la selle, il tenait, serrée contre lui,
une petite fille aux nattes jaune de lin.

— Cousin Dorian, quand reviendrez-vous à Arromanches ?

— Bientôt, ma petite Annabelle.

Il n'était jamais revenu.

— L'été prochain ? C'est promis ?

— Promis.

Il y eut un silence ponctué par leur folle cavalcade
dans le sous-bois. La petite fille frétillait comme un
oiseau.

— Tu trembles, Annabelle, as-tu peur ?

— Peur ? Avec vous ?

— Alors pourquoi trembles-tu ? As-tu froid ?

— Oh, non ! C'est que vous repartez demain.

Une brusque secousse la réveilla. Le landau s'était
arrêté devant une imposante grille de fer forgé. Au
fond d'une cour se profilait la masse d'un château
vénitien dont les murs crénelés se découpaient sur le
bleu translucide du ciel. Au-delà, le soleil inondait
d'une lumière irréelle la plantation des palmiers et des
figuiers. Silencieux, le cocher s'était remis à somnoler.

Annabelle, descendue du landau, observa la
demeure. Son architecture austère et médiévale tranchait avec la luminosité ambiante. Elle nota une
multitude de chapiteaux corinthiens, ornés de feuilles
d'acanthe. Basculés tout le long de l'allée centrale,
parmi les troncs argentés des eucalyptus, ils appor-
taient une note insolite au décor. Une lourde plaque en
pierre frappée au lion anglais surmontait une porte
monumentale en bois sculpté.

L'instant d'après, la porte s'ouvrit en grand et le
silence fut brisé par des aboiements et des cris.
Annabelle ne vit d'abord que deux boules poilues se
ruer vers la grille, un bolide roux et un bolide noir.

Arrêtés dans leur course par les barreaux, les deux cockers se dressèrent sur leurs pattes de derrière, en reniflant, et en poussant des jappements aigus. Les cris recommencèrent.

— Noiraud ! Brandy ! Couchés !

Et puis,

— Annabelle, mon Dieu, vous êtes enfin là !

Elle vit courir dans sa direction une jeune femme en blanc. Elle arrivait par petits pas sautillants, tenant des deux mains sa capeline pour l'empêcher de s'envoler. Un garçonnet en culottes courtes grenat galopait à ses côtés. Une adolescente brune terminait le cortège. Annabelle sourit d'aise. « Heureusement, l'accueil de Lady Mary est plus amical que celui de son frère », pensa-t-elle.

Le souvenir d'un Dorian blessant et de la matinée singulière qu'elle avait passée en sa compagnie l'attristèrent. De l'autre côté de la grille, Lady Mary trépignait.

— Nausika, ouvre vite le portail. Jean, retiens les chiens.

Le portail s'ouvrit dans un interminable grincement. Lady Mary serra Annabelle dans ses bras, la gratifiant de deux baisers chaleureux. Cela lui mit du baume sur le cœur.

— Milady, je suis contente de vous revoir.

— Ma chère petite cousine, laissez-moi vous admirer. Comme vous êtes devenue jolie ! Et comme vous avez grandi ! C'est fou ce que le temps passe. Quel âge avez-vous, déjà ?

— Dix-huit ans, madame.

— Dix-huit ans ! Quel âge merveilleux, n'est-ce pas ? J'en ai déjà dix de plus. Mais vous devez être éreintée et moi je bavarde comme une pie.

Annabelle ne put s'empêcher de sourire. La joie de Lady Mary était communicative. Dans sa robe de gaze blanche, elle paraissait transparente. Elle poursuivit gaiement :

— Ma chérie, je vous présente Nausika, ma servante, et voici Jean, mon page préféré.

— Ravie de vous connaître, dit Annabelle.

Nausika lui tendit gauchement une main moite, après qu'elle l'eut essuyée sur son tablier fleuri. Sa maîtresse s'esclaffa :

— Pas la main, ma fille, la révérence !

Et comme la jeune servante s'exécutait, elle ajouta en riant :

— Je lui ai pourtant expliqué qu'une dame de compagnie n'est pas une domestique.

— Ce n'est pas grave, répondit Annabelle.

Lady Mary était trop préoccupée à s'écouter parler, trop égoïste, sans doute, pour remarquer l'ombre de tristesse qui, brusquement, avait terni le regard d'Annabelle.

« Une dame de compagnie... une domestique, se dit-elle, n'est-ce pas ce que tout le monde pense ? Ce que Dorian lui-même pense ? » Pour la première fois de sa vie, Annabelle en voulut à son père d'avoir laissé vendre le château d'Arromanches. Le silence tomba entre elles, et pendant un moment, il n'y eut que le chant lancinant des cigales et le roulement de la grille qui se refermait. Tout le monde prit le chemin du retour.

— Jean ! dit Lady Mary, inconsciente des états d'âme d'Annabelle, montre à mademoiselle comme tu sais bien parler français.

— Bonjour, mademoiselle, récita le petit garçon, je suis enchanté d'avoir fait votre connaissance.

Sa voix avait des résonances cristallines. Emue d'entendre parler aussi parfaitement sa langue maternelle, Annabelle se pencha vers le petit page en lui souriant. L'enfant avait des boucles de jais et des yeux

26

pervenche. Quelque chose de noble et d'intelligent émanait de lui.

— Moi aussi je suis enchantée, Jean, répondit-elle, et je te félicite. Tu as l'accent d'un vrai petit Parisien.

Le garçonnet se redressa, les yeux brillants.

— Mais je suis Grec ! s'écria-t-il avec fierté.

Annabelle acquiesça.

— Je n'en doute pas, mon cher petit monsieur.

Rasséréné, Jean poursuivit en anglais.

— Et d'ailleurs, c'est tout ce que je savais dire en français. Maintenant je vous dis au revoir. Et ne soyez pas triste.

Sans attendre de réponse, il tourna les talons en interpellant les deux cockers qui batifolaient sur le gazon.

— Noiraud ! Brandy ! On rentre !

Jean gardait constamment un air sérieux, comme seuls les enfant savent le faire. Annabelle le regarda remonter l'allée, la gorge serrée d'émotion. « Pourquoi m'a-t-il dit de ne pas être triste ? Cela se voit tant que ça ? Sait-il, déjà, à son âge, déchiffrer la souffrance des autres ? » Elle se retourna vers Lady Mary.

— Quel être délicieux ! s'exclama-t-elle.

L'autre esquissa un sourire empreint de tendresse.

— Oh ! oui, vous verrez, il est très intelligent et très attachant. Il est tout à fait mignon. Parfois, les gens le prennent pour une fille, à cause de ses boucles, mais je n'ai pas le courage de les lui faire couper. Il n'a encore que huit ans.

— Vous connaissez ses parents ?

Le sourire de Lady Mary s'effaça.

— Non. C'est un pauvre orphelin qu'un couple de vieux paysans a élevé. Nul ne connaît ses parents. J'ai pensé…

Lady Mary s'interrompit et porta un mouchoir

immaculé à sa bouche, comme pour enrayer une quinte de toux.

— Rentrons, gémit-elle, je supporte mal le soleil de ce pays.

De fait, la chaleur était suffocante. Aucun souffle n'agitait les feuillages. Une mince vapeur s'échappait du sol. La nature entière semblait se déshydrater. Lady Mary se tamponna le visage, haletante. Elle passa un bras autour de la taille d'Annabelle, l'entraînant vers le château.

Annabelle marchait sous le soleil ayant en tête, confusément, Dorian. Et l'enfant grec.

A l'intérieur régnait une pénombre dorée, filtrée par des jalousies peintes d'ocre.

— Ma chère Annabelle, nous sommes obligés de vivre derrière des volets clos. On n'ouvre que le soir, quand le temps fraîchit. Alors, on commence à vivre.

Lady Mary avait tenu à accompagner elle-même son invitée dans sa chambre. Cette marque de gentillesse consola Annabelle de sa précédente déconvenue. Elle se laissa conduire par son hôtesse, dont les yeux gris pétillaient d'excitation. Lady Mary babillait, inlassable.

— Vous ne pouvez pas vous imaginer ce que je peux m'ennuyer dans cette ville. Il ne se passe strictement rien. Quelques visites, quelques dîners et puis c'est tout... Ici, c'est le bureau de mon cher frère. Son sanctuaire. Défense d'y entrer. Qu'est-ce que je vous disais ?

— Que vous vous ennuyiez.

— Ah oui ! L'Angleterre me manque terriblement. Ce pays m'effraie.

— Il est, pourtant, si beau.

— On le dit. Mais les gens me font peur. Nous vivons une époque agitée, ma chère... Regardez ce tableau ! Dorian l'a acquis lors d'une vente de charité à Rome. C'est un...

— Un Boeklin ?

Lady Mary éclata de rire.

— Ah, vous êtes cultivée ! Cela nous a coûté une fortune... et dire que cette fichue île n'est même pas éclairée à la lumière électrique ! Nous marchons encore à la lanterne, ma pauvre.

Annabelle se sentait gagnée par la bonne humeur de cette femme charmante.

— Eh bien, je m'y ferai, sourit-elle.

A nouveau, le rire de Lady Mary s'égrena entre les murs. Elle passait avec volubilité du coq à l'âne, en ponctuant ses phrases par des exclamations. Son français était impeccable, un rien chantant, mais elle y mêlait volontiers des mots d'anglais, ce qui rendait son discours encore plus insolite.

— Voici votre chambre, ma chérie. Plein sud, très claire, avec vue sur la saline.

Elles avaient traversé une enfilade de vastes pièces. Les cloisons en pierre de taille avaient miraculeusement disparu derrière des tapisseries aux tons pastel et des boiseries. La décoration était du meilleur goût.

Le blanc, l'acajou et le bleu turquoise prédominaient. Le mobilier, bambou laqué et bouleau, était disposé de sorte à former des coins intimes, brisant ainsi les dimensions colossales de l'édifice.

En poussant la porte de la pièce qui allait être désormais sa chambre, Annabelle ne put retenir un cri d'enthousiasme.

— Elle est splendide !

— Cela vous plaît ? demanda aimablement son hôtesse.

— Enormément. Vous avez réussi à transformer ce château fort en un lieu plaisant et intime.

— Le compliment revient avant tout à Dorian,

quoiqu'il m'ait été permis d'y apporter quelques touches de mon goût personnel.

Brusquement, Lady Mary fut prise d'un accès de toux sèche. Elle s'effondra sur un fauteuil canné, en portant son mouchoir à sa bouche. Deux plaques rouges apparurent sur ses pommettes. Une fièvre secrète faisait briller ses beaux yeux gris.

— Voulez-vous un verre d'eau ? s'enquit Annabelle.

Lady Mary lui adressa un sourire larmoyant.

— Laissez ! J'ai dû prendre froid, s'excusa-t-elle, cette maison est pleine de courants d'air.

Elle se redressa, vacillante.

— Je vous laisse vous reposer et faire un brin de toilette. Ici, la sieste est de rigueur. Je vous ai laissé tout ce qu'il faut pour vous changer dans cette armoire. Avez-vous faim ?

Annabelle se souvint qu'elle n'avait rien mangé depuis la veille.

— Un petit peu, admit-elle.

— Je vous envoie une collation par Nausika. Reposez-vous bien, nous nous verrons au dîner.

Elle s'en alla rapidement, sans lui laisser le temps de répondre.

La jeune fille resta immobile un moment, regardant autour d'elle. Entièrement tapissée d'un papier blanc cassé imprimé de ramages bleu clair, sa chambre avait, dans sa forme, un aspect irrégulier qui faisait tout son charme. Annabelle examina la psyché en bois clair, le lit en fonte blanche, garni d'innombrables coussins en lamé. Elle laissa errer son regard sur le bahut en bois polychrome, les marqueteries et les bibelots en faïence. En face de son lit, un tableau de Turner représentait, à la façon tourmentée de l'artiste, un paysage verdoyant et brumeux. Soudain, elle sursauta.

Sur une table basse incrustée de filets d'ébène, un bouquet de violettes, son bouquet, achevait de se faner dans un vase d'opaline. Le visage grave de la paysanne grecque qui le lui avait offert lui revint en mémoire, ainsi que les paroles de Dorian Wilde, à propos de la Madone aux violettes. Elle supposa qu'elle l'avait oublié dans la voiture et que quelqu'un l'avait apporté dans sa chambre. Mais qui ? Nausika ? Jean ? Le cocher ? Elle se promit de questionner la servante. Annabelle porta la main à sa gorge. Les effluves du lourd parfum lui donnaient le vertige. Elle manquait d'air.

Elle se précipita à la fenêtre, écartant les rideaux et poussant les persiennes. Aussitôt, la lumière crue envahit la pièce et une bouffée de chaleur lui frôla les joues.

En bas, la saline offrait un spectacle impressionnant. Emerveillée, Annabelle contempla une mince croûte de sel miroitant au soleil. Un paysage de rêve s'étendait à perte de vue, irisé, étincelant. Ses doux méandres encerclaient un îlot où la végétation luxuriante s'enchevêtrait dans un désordre effréné. Au milieu de cette jungle en miniature, entourée de désert, un minaret s'élançait vers le ciel, comme un mât.

Au bout d'un moment, elle referma la fenêtre, pensive. Rien ne pouvait la dérider. « Me voici donc chez les Clayton, ma seule famille », se dit-elle, non sans une certaine amertume. Plusieurs faits l'intriguaient. D'un côté, l'attitude extravagante de Dorian, de l'autre, l'accueil chaleureux, presque excessif de sa sœur…. « Suis-je vraiment la bienvenue ? Après tout, je les connais à peine ». Et que devait-elle penser de cette paysanne et de son étrange cadeau ? Etait-ce un avertissement ? Un signe de malheur ? Des idées noires la submergèrent.

Elle se voyait pourchassée par des ennemis imaginaires, jetée hors de la demeure des Clayton. Son père ne disait-il pas d'eux qu'ils étaient orgueilleux et injustes ?

— Mon pauvre père! murmura-t-elle, que pouvions-nous faire d'autre?

Elle se jeta à plat ventre en travers du lit, en proie à ses souvenirs. Le château d'Arromanches lui apparut, nimbé d'une pâle clarté hivernale. Quelque six mois auparavant...

Annabelle était entrée en trombe dans la vaste cuisine. La vieille Clémentine s'était relevée de ses fourneaux. Le bout de nez noir de suie, la mine sévère. Elle n'aimait pas que l'on s'immisce dans son royaume.

— Hé bé! qu'y a-t-il encore? s'était-elle écriée.

Pour toute réponse, Annabelle avait brandi un rouleau de parchemin en un geste éloquent.

— Nous devons plier bagage, ma bonne Clémentine. Le château est confisqué par la République.

— Confisqué?

Clémentine s'était effondrée sur un banc, l'œil rivé sur le parchemin fatal. Le ruban tricolore dont il était attaché témoignait de sa provenance officielle.

— Alors, c'est fichu! avait-elle déclaré d'un ton résigné, c'est la fin des Villermont.

Annabelle l'avait regardée avec affection.

— Cela devait arriver, répondit-elle.

Clémentine ne bougeait pas. Prostrée sur son banc, au milieu de ses casseroles clinquantes, on eût dit la statue vivante du désespoir. La vieille servante était la seule personne parmi les proches d'Annabelle qui ait survécu à l'épreuve du temps. Une série de catastrophes s'était abattue sur la maison des Villermont. Une longue et lancinante maladie avait emporté Eliane de Villermont, dans sa quarante-deuxième année. Deux ans plus tard, Guillaume, le frère aîné d'Annabelle, était tué au cours d'une campagne, en Crète. Six mois après, Armand de Villermont s'éteignait à son tour. La mort prématurée de sa femme puis celle encore plus injuste de son fils eurent raison de ses forces. Agonisant, il avait tenu à parler à sa fille et l'envoya chercher chez les sœurs franciscaines où elle faisait ses études, près de Port-Royal.

— Ma fille, avait-il chuchoté, moi aussi je te quitte. Tu restes seule, sans fortune ni relations, dans un monde absurde et violent. Ma fille, je te laisse démunie.

— Père, pourquoi dites-vous cela ?

Le silence était retombé autour du grand lit à baldaquin, tout juste entrecoupé par les reniflements de Clémentine et l'incessant éclaboussement de la pluie sur les vitres. Les ombres couraient sur le visage du moribond. Il rouvrit péniblement les paupières, dans un effort surhumain pour fixer une dernière fois l'image de sa fille. Annabelle était à genoux, près du lit, le visage enfoui dans ses mains fines. L'or pâle de ses cheveux luisait dans la pénombre. Armand de Villermont reprit d'une voix affaiblie,

— Annabelle, que vas-tu devenir ?

L'inquiétude et le chagrin voilaient ses yeux chavirés. Il poursuivit dans un râle affreux :

— Sans famille, seule dans une jungle. Tes seules armes sont ta beauté et ta vertu. Mais en sont-elles ?

— Calmez-vous, père. Reposez-vous un instant.

Le moribond lui saisit la main, la serrant avec le peu d'énergie qui lui restait.

— Tu n'as plus rien, Annabelle ! s'écria-t-il dans un dernier sursaut, le domaine sera vendu.

— Vendu ?

— Hélas ! ma fille, je l'ai hypothéqué. C'est grâce à cet argent que nous avons pu vivre pendant les dix dernières années.

— Pourquoi avez-vous fait cela ? balbutia-t-elle.

L'œil vitreux du mourant se ranima.

— Et que fallait-il que je fasse ? Les anciennes valeurs s'écroulent et je n'étais pas préparé pour ce

33

monde-là. Je ne connais d'autre métier que celui de gérer mon patrimoine.

Avant qu'elle n'ouvre la bouche pour répondre, il l'interrompit :

— Non ! Ne dis rien. Il faut que je te parle et je n'ai pas le temps. Mes forces m'abandonnent, ma vie s'enfuit par tous les pores de ma peau. Clémentine ! Approche-toi aussi.

— Je suis là, monsieur.

La vieille s'avança, secouée de sanglots. Il y eut un temps pendant lequel monsieur de Villermont parut rassembler toute sa résistance vitale. Il se releva sur ses coudes, transi d'angoisse, essayant en vain de maîtriser le frisson mortel qui le parcourait.

— Annabelle, souffla-t-il, va chez les Clayton. Ce sont des loups mais ils ne refuseront pas de recueillir une orpheline, fût-ce une Villermont.

Annabelle tressaillit.

— Les Clayton ? Voici dix ans que nous ne les avons vus.

Il ne l'écoutait plus. Affaissé sur ses oreillers, exsangue, il s'était mis à claquer des dents. La pression de sa main s'atténua.

— Va chez le duc de Clayton, hoqueta-t-il avec obstination, il se trouve à l'île de Chypre, auprès du gouverneur White. Chargé par la reine de veiller à l'ordre dans cette colonie...

Clémentine se rebiffa.

— C'est quoi ça, Chypre, monsieur ? Allez-vous l'envoyer si loin de la France ? C'est encore une enfant. Oh ! Monsieur !

La servante poussa un cri perçant. Les traits d'Armand de Villermont s'étaient figés sous un masque cireux. Sa physionomie s'estompait à vue d'œil, fuyait, prenait cet aspect impalpable qu'ont les visages des morts.

34

Annabelle se pencha, tremblante, et déposa un baiser sur le front du gisant. Comme Clémentine la considérait d'un air effaré, elle déclara :

— Je suivrai les dernières volontés de mon père. J'irai chez Clayton, à Chypre.

Clémentine hocha la tête avec une expression tragique. Un éclair zébra le ciel de part en part, illuminant les vitres d'une clarté fugitive.

Les mois qui suivirent ne furent pour les deux femmes qu'une période de transition. Annabelle écrivit à Lady Mary Wilde dès le lendemain des obsèques de monsieur de Villermont. La réponse arriva peu après la notification de l'acte de confiscation du château. Elle était positive. Clémentine pestait, comme une damnée :

— Boudiou ! Un malheur n'arrive jamais seul. J'ai tout perdu ! Mes maîtres, mon Guillaume, mon emploi et maintenant je perds mon trésor, ma petite fille que j'ai vu naître.

La dernière vision d'une Clémentine furibonde, jetant son trousseau de clés à la tête d'un huissier de la République, dans un flot d'injures, s'évanouit brusquement. Quelqu'un était en train de tambouriner à sa porte, avec insistance.

Annabelle ouvrit les yeux. Sa chambre était plongée dans le noir. Les coups à la porte avaient redoublé. Elle sauta du lit et alla ouvrir, se heurtant aux meubles. La silhouette menue de Nausika se détacha dans l'embrasure, brandissant au-dessus de sa tête crépue une lampe à pétrole dont la flamme vacillante acheva de réveiller la jeune fille. Dans un anglais lamentable elle annonça :

— La Lady attend dans le jardin. Vous êtes en retard.

— Mon Dieu ! Je me suis endormie. Quelle heure peut-il bien être ?

— Il est l'heure de dîner.

En un geste réprobateur, Nausika désigna la robe froissée d'Annabelle.

— Vous ne vous êtes même pas changée ! Puis, regardant par-dessus l'épaule de son interlocutrice : vous n'avez même pas touché à votre collation.

Il y avait un plateau chargé de victuailles sur la table basse. Autour d'un carafon de vin s'amoncelaient des pêches, des figues, une tranche de pastèque, quelques grappes de muscat, du pain noir et du fromage de brebis grillé.

— Je suis désolée, dit Annabelle, saisissant en même temps qu'elle mourait de faim, je devais dormir comme une souche, car je ne vous ai pas entendue entrer dans ma chambre.

Un sourire complice éclaira le visage frais de Nausika.

— Cela ne fait rien, miss. Vous mangerez mieux à table. Changez-vous vite, allez ! Madame n'aime pas attendre.

Elle ajouta, riant aux éclats :

— Et monsieur aime beaucoup les robes blanches. Voulez-vous que je vous aide à vous habiller ?

— Merci, je me débrouillerai.

Nausika traversa la pièce et posa la lampe sur la table basse. Elle s'immobilisa un instant, à la vue du bouquet de violettes. Annabelle en profita pour lui demander :

— C'est vous qui les avez mises là ?

La jeune servante eut l'air sur la défensive.

— Non, pas moi ! répondit-elle.

Elle s'empara du plateau et sortit de la chambre de sa rapide démarche d'oiseau. « Après tout qu'importe qui a posé ce bouquet là », songea-t-elle. L'instant suivant, elle s'élança vers la psyché. Le miroir lui renvoya le reflet de son visage défait et de sa longue chevelure emmêlée.

— Quel désastre ! J'ai l'air d'une souillon.

D'un geste énergique, elle versa de l'eau dans une cuvette en porcelaine. L'eau froide sur ses joues lui fit un bien immense. Elle dégrafa sa robe défraîchie et la fit glisser à ses pieds. Tout en ramassant ses cheveux en un chignon lâche sur la nuque, elle tira la porte de la grande armoire. Une douzaine de robes, chacune plus ravissante que l'autre, lui apparurent comme par magie. Elle choisit la plus simple, celle en organdi blanc qu'elle enfila en un clin d'œil.

Annabelle se regarda à nouveau dans le miroir. Le résultat dépassait ses espérances. Elle avait l'allure d'une princesse. Le corsage ajusté mettait en valeur les fermes rondeurs de son buste et les minuscules boutons de nacre brillaient comme des diamants. La jupe filiforme et la taille longue donnaient une exquise minceur à sa silhouette. Elle se dirigea vers la porte, comblée et glacée à la fois. Sa coquetterie en était satisfaite, mais son orgueil en souffrait atrocement. « On laisse ses vieilles frusques à la pauvre orpheline. » Insidieuse et incontrôlable, cette pensée éclata dans sa tête, comme une bulle. Pendant une fraction de seconde, elle eut la tentation de revêtir sa robe froissée. Laissant tomber ses bras le long de son corps, elle se regarda une dernière fois dans le miroir, longuement. Elle pensa qu'elle était bien comme ça...

La robe dont elle s'était parée était une robe de femme, non de jeune fille. La lueur de la lampe auréolait le platine de ses cheveux et les contours de sa silhouette d'un halo laiteux. Sans pour autant prendre conscience de son éblouissante beauté, Annabelle réalisa que c'était ainsi qu'elle aimerait être vue par Dorian.

« Me trouvera-t-il seulement à son goût ? » L'idée lui vint spontanément. La jeune fille sourit à son reflet.

3

Le firmament était noir comme de l'encre. Un mince croissant de lune voguait dans les ténèbres, parmi les constellations. L'air était saturé de l'arôme du chèvre-feuille et de la senteur, plus subtile, de l'œillet rose. Ce que Nausika avait appelé jardin était une cour intérieure dallée de carrare, décorée de massifs de dahlias et de cactées.

— Venez, Annabelle, nous n'attendions plus que vous ! fit la voix de Lady Mary sous la tonnelle, avec un brin de brusquerie.

— Désolée de vous avoir fait attendre, milady, répliqua Annabelle alors qu'elle avançait vers la table dressée pour le dîner.

— Asseyez-vous vite, je meurs de faim.

Ensuite, la voix de Lady Mary susurra quelque chose à quelqu'un qui devait se trouver à ses côtés. Annabelle n'y attacha aucune importance. Elle ne voyait rien, elle n'entendait rien, car toute son attention était captée par *lui*.

Appuyé au dossier de son siège orné de grappes de raisin, mordillant distraitement son index, le duc de Clayton dardait sur elle un regard de braise. Un vague sourire planait sur ses lèvres. Il avait troqué son uniforme contre une tenue décontractée. Son ample chemise de lin blanc, largement ouverte sur sa poitrine, laissait paraître des pectoraux aux muscles délicats.

— Bonsoir milord, murmura-t-elle.

Le temps s'arrêta et pendant une éternité le champ de vision d'Annabelle fut rempli par une seule image, celle du visage mâle de Dorian Wilde, étrangement beau, incisif, qu'une lumière céleste illuminait. Elle sentit tout son être se contracter, comme si sa vie entière se réduisait en cet unique instant. Sa voix indifférente la tira de sa fascination.

— Bonsoir chère cousine. Arsinoé, je vous présente mademoiselle de Villermont.

— Ravie de vous connaître, renchérit une voix étrangère, au timbre de contralto.

Quelque chose bascula dans l'esprit d'Annabelle. Les choses reprirent leurs justes dimensions. Les Wilde avaient une invitée, assise entre eux, à la table ovale aux pieds griffus. Deux candélabres de bronze poli garnis de bougies blanches éclairaient de leur lueur fugace son visage triangulaire. La jeune femme était brune, mince, terriblement séduisante et elle souriait à Annabelle.

Dorian la présenta.

Elle avait un nom bizarre, musical, archaïque, un nom qu'on n'oublie pas.

— Arsinoé Cantacuzène.

— Appelez-moi Arsinoé tout simplement, dit-elle.

Sa bouche charnue s'ouvrit à nouveau sur une rangée de dents parfaites.

— Vous êtes Française ? demanda-t-elle.

— Oui.

— Hélas ! mon français est bien pauvre.

Remise de sa surprise, Annabelle prit place sur un siège en fonte moulée, en face d'Arsinoé.

— Cela ne me déplaît pas de parler anglais, dit-elle, en souriant à son tour.

— Tant mieux, dit Arsinoé, il serait triste de ne pas pouvoir communiquer avec son vis-à-vis.

— En effet, répondit la jeune fille, surtout lorsqu'on brûle d'envie de vous poser des tas de questions sur votre beau pays.

— Vous donnez dans le mille, ma chère, coupa Lady Mary, notre amie Arsinoé adore parler de Chypre. Sans doute trouverez-vous ses points de vue assez originaux.

— Vraiment ? J'ai hâte de les connaître.

— Mais vous les connaîtrez, annonça Arsinoé en prenant une expression sibylline, mais pas ce soir. Le duc n'adhère pas à mes théories anticolonialistes.

Annabelle était trop préoccupée par la troublante proximité de Dorian pour saisir l'ironie qui faisait vibrer le rire d'Arsinoé. En revanche, elle avait senti, sans même tourner la tête, que le duc de Clayton ne la quittait pas des yeux. Elle se laissa bercer par une sorte d'agréable torpeur. « Enfin, il m'a remarquée. » Le duc remplit les flûtes de cristal d'un vin épais. Le liquide rouge foncé dansa un moment dans les verres, puis il s'immobilisa, jetant des reflets grenat sur la laque blanche de la table.

— Goûtez cela, c'est délicieux, dit Dorian.

— C'est du vin de la Commanderie, expliqua Lady Mary.

Annabelle porta la flûte à ses lèvres et but une prudente gorgée. Une saveur capiteuse et sucrée lui emplit la bouche.

— Hum ! dit-elle, c'est excellent. Il a un goût de grenache.

Dorian Wilde se mit à rire.

— Ces Français ! s'exclama-t-il, ils ne peuvent s'empêcher de comparer à leur vin celui des autres.

Lady Mary haussa ses épaules nues sous le léger voile de tulle safrané dont elle était drapée.

— Pour une fois, la comparaison est juste, mon cher frère. Ce vin a bel et bien été fabriqué par des Français.

— Encore une légende ? hasarda Annabelle, gagnée par l'euphorie générale.

— Nenni ! C'est authentique. Ce sont les Lusignan qui ont appris aux Chypriotes les secrets de cette ambroisie. N'est-ce pas, Arsinoé ?

La jeune femme eut l'air d'émerger d'un rêve.

— C'est exact, dit-elle, les ceps ont été importés de la Provence et c'est bien tout ce que les Français ont fait pour ce malheureux pays.

Il y eut un silence durant lequel elle fixa Annabelle. Ses iris verdâtres, presque jaunes, scintillaient dans la pénombre par une sorte d'exaltation nerveuse.

— Excusez ma franchise, poursuivit-elle, mais j'ai l'habitude de dire exactement ce que je pense.

Annabelle déposa son verre sur la table, sans sourciller.

— Rassurez-vous, je ne me sens ni visée ni coupable. Les expéditions des Lusignan ayant eu lieu au douzième siècle ne concernent plus que les professeurs d'histoire.

— Tiens donc ! La politique ne vous dit rien ? riposta l'autre sur un ton aigu.

— Non. C'est un jeu hypocrite qui consiste à dire exactement le contraire de ce que l'on s'apprête à faire.

— Je dirais que votre définition est simpliste.

Arsinoé Cantacuzène retrouva ses accents de contralto pour répondre. Malgré son apparente douceur, une lueur menaçante s'était allumée dans ses pupilles de chat. A chacun de ses mouvements, les innombrables pièces d'or de son collier taillé en torque tintaient joyeusement. Elle se tourna vers Dorian avec un rire de gorge.

— Vous ne dites rien cher amour ? A quoi pensez-vous ?

Il effleura d'un baiser la main ambrée qu'elle lui tendait.

— La nuit est si douce, Arsinoé, que je ne puis penser qu'à des choses agréables.

La jeune femme éclata d'un rire un peu divagant, en renversant la tête. Lady Mary leva son verre, complice.

— A la santé de nos deux amoureux !

Annabelle leva sa flûte également, dans un mouvement au ralenti, comme dans un rêve. Le vin avait maintenant un goût de poison. « Cher amour ! Elle l'appelle son cher amour... j'arrive trop tard, j'ai attendu toutes ces années pour rien, j'ai fait ce long voyage pour rien ! » Elle les regarda, atterrée. La clarté diaprée des bougies estompait l'insupportable vision de leurs têtes rapprochées. « J'ai grandi pour rien ! » Elle se dit que si le moindre mot tendre franchissait les lèvres de Dorian, son cœur se briserait et que s'il embrassait Arsinoé, elle mourrait sur-le-champ. Une main frôla la sienne. Elle sursauta.

— Annabelle qu'avez-vous ? dit Lady Mary en se penchant vers elle.

— Rien, je vous assure.

— Vous êtes blême.

— Je me sens lasse, milady, le voyage m'a épuisée. Je n'aspire qu'à dormir. Me permettez-vous de me retirer ?

— Pas question ! Vous n'avez rien mangé de la journée. Vous finirez par vous rendre malade.

— Milady...

Elle suspendit sa phrase d'elle-même, écrasée par un immense sentiment d'inutilité. Lady Mary ne parut pas s'en rendre compte.

Suivant son habitude capricieuse, elle changea de sujet sans transition.

— Vous avez trouvé un soupirant, ma chère. Mon petit page Jean ne jure plus que par vous.

— Le charme d'Annabelle opère sur les hommes de tout âge, dit le duc de Clayton.

Pour la première fois, il l'appelait par son prénom, avec la nuance affectueuse qu'il y mettait naguère. « Quelle importance ? » songea-t-elle amèrement. Ses pauvres rêves s'étaient écroulés comme un château de cartes. Le son mélodieux d'un carillon lui fit l'effet d'un gong. Lady Mary sonnait son maître d'hôtel. Un grand gaillard apparut aussitôt, tel un diable sorti de sa boîte.

— Yakoumis, dit-elle, veuillez servir le dîner.

— Bien, milady.

Yakoumis s'inclina gauchement. Une puissance animale émanait de toute sa personne. Ses lèvres se retroussèrent en un sourire éclatant. Il s'éloigna sans bruit, d'une démarche élastique. Annabelle releva qu'il était pieds nus.

— Mary !

Renfrogné, Dorian fixa sa sœur à travers les branches du candélabre.

— Qui est ce garçon ? demanda-t-il.

Lady Mary s'éclaircit la gorge.

— N'avez-vous pas entendu ? C'est notre nouveau maître d'hôtel.

— Qu'est-il advenu du précédent ?

— Hélas, fit-elle d'une petite voix candide, j'ai dû le renvoyer à son village, pas plus tard que ce matin.

— Et pourquoi ?

— Dorian, je vous en prie, murmura Arsinoé, si Lady Mary l'a renvoyé, c'est qu'il était incompétent.

Un lourd silence s'abattit sur la tablée. Les longues mains de Dorian se cramponnèrent sur le rebord de la table. Il échangea avec Arsinoé un regard soutenu, dont le sens échappa à Annabelle.

— Bien, soupira le duc, je suppose que vous avez

engagé le nommé Yakoumis uniquement sur sa bonne mine ?

Lady Mary leva sur lui des yeux brillants. Une minuscule flamme s'était mise à onduler dans ses pupilles.

— Sur sa bonne mine et sur autre chose ! soufflat-elle, dans une sorte de défi.

Le duc de Clayton foudroya sa sœur d'un regard terrifiant. Annabelle eut l'impression que seule sa présence l'empêchait de la gifler. Sans réfléchir, elle tendit son verre vide.

— Je reprendrais bien encore une goutte de ce vin de la Commanderie, dit-elle.

Il ébaucha un vague sourire.

— Méfiez-vous. Le vin doux est traître, lança-t-il sans gaieté. L'incident était évité.

— Quelle merveilleuse nuit ! dit Arsinoé, pour briser le silence.

La jeune fille lui jeta un coup d'œil furtif. Ce qui frappait de prime abord chez elle, c'était l'extraordinaire plasticité de son visage. Arsinoé avait hérité du nez droit et du front pur des statues grecques. Ses lourdes tresses de jais enroulées sur sa tête découvraient deux oreilles nacrées comme des coquillages, ornées de pendentifs en or ciselé. Elle entama une conversation à bâtons rompus avec Lady Mary.

Dorian Wilde laissa son regard glisser d'Arsinoé à Annabelle. « Diane et Vénus », pensa-t-il spontanément. Il s'aperçut avec étonnement que Vénus gardait les yeux baissés et qu'une larme brillait entre ses cils.

— Annabelle... commença-t-il.

Il s'interrompit. La brusque réapparition de Yakoumis le figea dans une attitude glacée.

Le maître d'hôtel arriva en portant un lourd plateau en étain. Il commença son service en bombant le torse tout en muscles saillants, gainé dans un habit beaucoup trop petit pour sa corpulence. Ses mains épaisses, maladroites, bousculaient les plats et les saladiers devant les convives, avec l'élégance d'un pachyderme.

Le menu entièrement composé de salades, concombre au yaourt, tomates, tarama, et divers amuse-gueule que Yakoumis annonça triomphalement comme des « mézé », eût été exquis en d'autres circonstances. Annabelle refusa pensivement un verre de Cœur de Lion que le duc lui proposait.

— Merci, votre Grâce, je préfère continuer à la Commanderie.

Des phrases creuses, sans consistance. « Seigneur, dire que j'ai gardé intacte son image dans mon cœur pendant dix ans et qu'une autre me l'a ravi. » C'était encore cette brave vieille Clémentine qui avait vu juste.

— Mademoiselle, vous n'y songez pas, s'était-elle indignée, en regardant fixement Annabelle de l'autre côté du drap qu'elles avaient mis à sécher.

— Oh ! Clémentine ! Vous souvenez-vous seulement de Dorian ?

La vieille suspendit un deuxième drap humide sur la corde à linge.

— Oui-da, je m'en souviens. Un seigneur dédaigneux, comme tous les Anglais, et qui vous emmenait sur son cheval quand vous étiez encore tout enfant.

— Eh bien, je ne changerai pas d'avis. C'est lui que j'aime.

Clémentine leva les yeux au ciel nébuleux.

— Vous ne l'avez plus revu depuis. Comment pouvez-vous l'aimer ? Et lui ? Vous aime-t-il ?

Annabelle l'aida à déplier le troisième drap.

— S'il me revoit, il m'aimera, j'en suis sûre, dit-elle.

Clémentine eut un sourire en coin.

— Et qui ne vous aimerait pas, ma fille ? Vous êtes jolie comme un cœur. Seulement...

Elles accrochèrent le drap à l'étendoir.

— Seulement quoi ? demanda Annabelle.

— Le héros en question a pu faire sa vie.

Annabelle éclata de rire.

— Sans moi ? C'est impossible.

Clémentine s'empara du panier en osier vide dans lequel elle empilait ses draps.

— Quelle folle jeunesse ! grommela-t-elle.

La voix d'Arsinoé, accompagnée du tintement de ses bracelets, tira la jeune fille de ses pensées.

— Mon père commence à trouver le temps long, gloussa-t-elle, poursuivant un dialogue dont le début avait échappé à Annabelle, il prétend que Pâques est trop loin. Que diriez-vous de Noël ?

Lady Mary sauça son pain délicatement.

— Et l'archimandrite ? questionna-t-elle.

— Anthémios est de mèche. Il fait partie de la famille, pour ainsi dire. Il pense, lui aussi, que le plus tôt sera le mieux.

— Je comprends l'impatience de monsieur Cantacuzène, dit Lady Mary, en picorant dans un plat d'olives. De trop longues fiançailles pourraient paraître choquantes à la population.

— Je ne vous le fais pas dire.

— Si Dorian est d'accord pour avancer la date de votre mariage, je n'y vois, pour ma part, aucun inconvénient.

La main d'Arsinoé se crispa sur le bras de Dorian.

— Qu'en dites-vous, mon ange ? demanda-t-elle.

Il eut un imperceptible haussement d'épaules.

— Comme bon vous semble, dit-il, puisque ce mariage est décidé, peu importe la date. Faites pour le mieux.

— Alors, on se marie à Noël à l'église de la Panayia, s'écria-t-elle ; mon cher Clayton, vous faire bénir par un pope c'est mettre tous les Chypriotes dans votre poche !

— Arsinoé ! gronda-t-il doucement, c'est aussi épouser la femme que j'aime.

Annabelle fixait le vide. « La femme qu'il aime. » Affolée, elle mesura la teneur mortelle de ces mots. Elle se força à rester assise, en réprimant le violent frémissement de son corps. Les yeux mi-clos, elle contempla la tête bouclée de Dorian penchée sur le visage offert d'Arsinoé. Lady Mary souriait.

— Je suis navrée ! dit Annabelle.

Elle venait de renverser son verre. Ahurie, elle vit la mare rouge s'étaler sur la peinture brillante de la table.

— Que je suis maladroite ! bredouilla-t-elle.

Dorian se détacha d'Arsinoé. Sa main caressante vint se poser sur la joue de la jeune fille.

— Allons, fit-il d'une voix rauque, ce n'est rien. Les anciens Grecs répandaient du vin en offrande aux dieux. Vous avez fait comme eux : une libation à l'occasion de mon mariage.

Sur la joue d'Annabelle sa main était une brûlure. Il la retira, inconscient de l'émotion qu'il lui avait causée. Annabelle se leva, en s'efforçant de rester digne.

— Eh bien, dit-elle, ce ne sont pas les anciens Normands qui se seraient permis un pareil gaspillage. Voyez, je tombe de sommeil.

— Alors, allez vite vous coucher, dit Lady Mary, et n'oubliez pas qu'à partir de demain vous entrez dans vos fonctions de dame de compagnie.

Puis, se tournant vers Arsinoé, elle ajouta en riant :

— Je me fais une joie d'entendre lire *Les Misérables* en français !

Le rire d'Arsinoé, un tantinet moqueur, lui fit écho. Décidément, les gens heureux comprennent bien peu de choses. Personne n'eut l'air de remarquer que le sang s'était retiré du visage d'Annabelle. Personne ne la vit se cramponner au dossier de sa chaise. Les deux femmes s'étaient remises à papoter, parmi des exclamations et des éclats de rire.

Annabelle embrassa d'un regard les débris du repas, les goutelettes de cire caillée le long des bougies, les assiettes souillées. Un papillon de nuit, englué dans une sauce brune épaissie de farine, achevait de mourir. Un dernier soubresaut mit fin à sa longue agonie. Elle ne put s'empêcher de songer à ses espérances, mortes elles aussi, comme ce papillon éphémère. Elle murmura un vague « bonne nuit ».

Sans attendre de réponse, elle pivota sur ses talons et se dirigea vers le bâtiment dont la masse se découpait sur le ciel étoilé.

Dorian Wilde se renversa sur son siège, les yeux fixés sur la blanche silhouette de la jeune fille qui s'enfonçait dans la nuit. La tache claire de sa robe ondoyait à travers les tiges ventrues des cactus. Le duc de Clayton était satisfait de lui-même. Il s'était promis de se montrer gentil avec elle pendant le dîner et il l'avait fait. « A demain, ma beauté, pensa-t-il, nous n'avons pas fini de nous expliquer tous les deux. »

Insensible au caquetage de ses deux compagnes, il resta immobile, scrutant l'obscurité d'un air songeur. Toute sa férocité semblait se concentrer dans la flamme sombre de son regard.

4

— Milady, c'est toujours un plaisir de vous voir. Quel bon vent vous amène dans mon antre ?

— Le vent impétueux de l'amour, monseigneur, nos deux fiancés languissent. Ils désirent se marier à Noël.

— Je suis déjà au courant. Le sieur Cantacuzène m'en a touché un mot.

— Qu'en pensez-vous ?

L'archimandrite Anthémios fourra ses mains velues dans les amples manches de sa soutane. Ce geste machinal était chez lui signe de satisfaction. Lady Mary le savait. Elle minauda :

— Je vois que l'idée vous plaît.

Le pope grimaça un sourire.

— Mon Dieu, madame, si je devais me marier à une personne aussi agréable qu'Arsinoé Cantacuzène, je n'attendrais pas une seconde de plus !

Au même moment il se disait : « Mary est accompagnée par une bien jolie personne aujourd'hui. Qui peut-elle bien être ? »

Une éblouissante lumière envahissait le narthex de la petite basilique romane. Par sa tiare de soie noire ajoutée à sa carcasse de géant, le prêtre orthodoxe dominait les deux visiteuses. Son opaque silhouette se

détachait sur les dorures rutilantes de l'iconostase (1).
« Qu'est-ce qu'elle attend pour me la présenter ? »
pensa-t-il.

Un rayon ricocha sur son œil de verre. De son œil
valide, couleur lie-de-vin, il examina complaisamment
les deux femmes. Enveloppée dans une de ces robes
étriquées dont la jupe se compliquait en draperies,
Lady Mary était aussi impressionnante qu'un ange de
la Renaissance italienne. Quant à l'autre… Anthémios
passa sa langue sur ses lèvres. L'inconnue qui se tenait
un peu en retrait ressemblait à une apparition.

— Oui, à Noël, ce sera parfait, reprit-il, la plèbe ne
manquera pas d'y voir un symbole. La nouvelle a déjà
fait le tour des chaumières. Un lord anglais épouse une
fille du pays, héritière d'une famille athénienne des
plus influentes, c'est très habile !

— D'aucuns prétendent qu'il s'agit simplement
d'une manœuvre politique, répondit Lady Mary, sou-
cieuse.

La prunelle du pope se revulsa vers la coupole, alors
que son œil de verre gardait son étrange fixité.

— Des racontars ! lâcha-t-il d'un ton faussement
indigné, des rumeurs destinées à jeter le trouble dans
les esprits. Tous les gens bien-pensants savent bien que
ces deux êtres s'aiment à la folie.

La fin de sa phrase se perdit dans un rire grinçant. Il
s'interrompit pour laisser passer un moinillon qui
glissa comme une ombre le long du mur, en donnant
des coups d'encensoir. Un entêtant effluve remplit
l'espace. Dès qu'il eut disparu au fond du sanctuaire,
Anthémios reprit, en s'inclinant vers son interlocutrice :

— Qui est cette jeune fille ?

(1) Iconostase : cloison décorée d'images, d'icônes, qui sépare,
dans les églises orthodoxes, la nef du sanctuaire.

Lady Mary esquissa un geste d'excuse.

— Bonté divine! Où avais-je la tête? C'est Annabelle de Villermont, ma cousine et dame de compagnie.

Annabelle fit quelques pas vers l'archimandrite. Tout en lui l'effrayait, son magnétisme et son ardeur. Il était difficile de résister à la volonté d'un homme comme Anthémios. Se penchant sur la main qu'il lui tendait, elle déposa un bref baiser sur sa bague en diamant. Il lui prit les épaules pour la relever. A son contact, elle fut saisie par une sensation d'attirance mêlée de répulsion. Elle se dégagea avec douceur.

— Votre beauté éclipserait celle de toutes mes saintes à la fois, déclama-t-il, en désignant les icônes redorées.

— Vous êtes trop indulgent, répliqua-t-elle, rougissante.

Une canine de sanglier pointa dans la barbe noire et drue du prélat. Il eut un geste théâtral.

— C'est l'esthète qui parle. Vous possédez le visage des madones de Raphaël. Il existe ici une image peinte à la manière occidentale. Voulez-vous la voir?

— La Madone aux violettes? demanda Annabelle.

Un brusque changement s'opéra sur le visage émacié d'Anthémios. Sa bouche se tordit en un rictus de suspicion.

— Vous connaissez?

Comme il se penchait vers elle, un rayon éclaira le haut de son visage, faisant ressortir la saillie de ses pommettes.

— Lors de mon arrivée, une paysanne m'a offert un bouquet de violettes en affirmant que je ressemblais à cette image.

L'archimandrite devint livide. Son œil unique étincela.

— Alors, elles ont fleuri ! marmonna-t-il convulsivement.

Annabelle regarda Lady Mary sans comprendre.
Mais celle-ci gardait le silence, feignant d'admirer un
Christ fantomatique dont le regard noyé se perdait vers
le ciel.

— Elles ont fleuri ! répéta le pope en se ruant vers
l'iconostase.

Vu de dos, les bras écartés, il ressemblait à un grand
oiseau noir fonçant à toute allure sur sa proie. Il
obliqua et, s'arrêtant devant un trépied, retira brusquement la pièce de velours mauve dont il était
recouvert. Dans les faisceaux lumineux que les lucar-
nes du dôme déversaient, la Madone apparut aux yeux
émerveillés d'Annabelle.

Peinte sur bois, couronnée de lamelles d'or serties de
rubis et d'émeraudes, serrant l'enfant Jésus dans ses
bras, la Vierge jetait un regard désabusé sur le monde
et son sourire était aussi énigmatique que celui de la
Joconde.

— Elle fut peinte par un moine hérétique en 1453,
admirateur des primitifs flamands, commenta l'archimandrite.

Il semblait remis de son émotion. Annabelle regarda
l'image. Le visage de la Madone avait le même ovale
que le sien, ses yeux étaient du même bleu lavande et
sa peau, malgré les siècles passés, gardait sa carnation
blonde.

— C'est vrai que je lui ressemble, fit-elle, rêveuse.

Soudain, le prêtre recouvrit l'objet. Il paraissait
distrait. Sans mot dire, il raccompagna les deux
femmes dans la cour. On eût dit qu'il avait hâte de s'en
débarrasser. Après un vague adieu, il remonta en
courant les marches de l'église, sa soutane claquant sur
ses mollets. « Quel personnage ! », se dit Annabelle.

Tapi contre la porte entrouverte, Anthémios suivit

d'un regard pénétrant les deux étrangères qui s'en allaient. Il plissa la paupière. Dans l'éclatante lumière du matin, Lady Mary ouvrait la marche, en s'abritant sous une ombrelle. Le soleil traversait le mince tissu et éclairait son visage de reflets mobiles. La jeune fille suivait, docilement. Une vague langueur ralentissait son pas. Dans sa robe en voile de coton rose pâle, avec ses abondants cheveux attachés d'un ruban de velours noir, elle avait l'air d'une enfant. Mais la taille était fine et cambrée, les seins hauts, et les plis de la jupe ne parvenaient pas à dissimuler l'harmonie de ses hanches. La pupille exercée de l'archimandrite s'élargit.

— Subtil mélange de sensualité et de pudeur, murmura-t-il.

Les deux femmes s'engouffrèrent dans un cabriolet tiré par deux chevaux attelés à la flèche. Le cocher démarra aussitôt. La mort dans l'âme, Annabelle se laissa bercer par le léger balancement de la suspension. Ainsi, Dorian Wilde allait épouser Arsinoé. C'était décidé. Personne ne pourrait l'en empêcher. Obscure et impuissante, elle allait assister aux festivités. Elle chassa l'image de la Madone qui s'obstinait à se superposer à ses pensées. Alors que la voiture roulait sous le dôme vert absinthe des feuillages, sa compagne se mit à jacasser :

— Ce brave Anthémios ! Quel drôle d'individu ! Il est absolument délicieux, vous ne trouvez pas ?

Malgré sa tristesse, Annabelle sourit.

— Il est tout ce que vous voulez sauf délicieux.

Lady Mary pouffa de rire.

— On peut dire que vous avez de la répartie, vous ! Puis, baissant la voix : je crois que vous l'avez intéressé !

La jeune fille la regarda, perplexe.

— Comment cela ? questionna-t-elle.

— Annabelle ! s'écria Lady Mary, êtes-vous vraiment si naïve ? Jolie comme vous l'êtes ? Il faut parfaire votre éducation ma chère. Comprenez-vous ?

— Hélas non, milady.

— Ça alors ! Enfin, pour vous mettre sur la voie, au sujet de l'archimandrite, je vous citerai simplement votre Molière national, « pour être dévôt, il n'en est pas moins homme ».

Elle éclata de rire, heureuse de sa trouvaille. Annabelle écarquilla les yeux.

— En êtes-vous sûre ? demanda-t-elle.

— Ce n'est plus un secret pour personne. Anthémios est un bourreau des cœurs. On ne compte plus ses conquêtes et je connais plus d'une femme qui ferait des folies pour lui.

— Mais c'est un prêtre ! s'indigna la jeune fille.

Lady Mary la fixa, l'air malicieux.

— L'habit ne fait pas le moine, soupira-t-elle, tenez ! Avez-vous remarqué sa bague ? Diamant de trois carats, un cadeau de la comtesse Foscarini. Alors ? Qu'en dites-vous ?

— J'en suis fort surprise.

— Pourquoi ? Il est bel homme !

— Bel homme ? cria Annabelle, il est vieux et borgne.

Le rire cristallin de Lady Mary retentit à nouveau.

— Voyons, petite cousine ! Faites-vous encore partie de ces péronnelles qui attendent le prince charmant ?

Annabelle se mordit la lèvre. Pendant un court instant, le beau visage de Dorian lui apparut dans la lumière verte de l'été. Lady Mary poursuivit, inconsciente de la blessure qu'elle lui infligeait.

— Si j'ai bien compris, vous vivez dans vos rêves de jeune fille. Qu'attendez-vous d'un homme ?

Annabelle devint écarlate.

— Tout ! dit-elle d'une voix à peine audible.

L'autre s'ébroua.

— Quel gâchis ! gémit-elle d'un ton comique, comment peut-on attendre tout d'un seul être ? C'est, à coup sûr, s'assurer son malheur. Vous préférez languir en attendant votre beau chevalier jeune, riche et fade, alors qu'un homme comme Anthémios, vieux et borgne comme vous dites, pourrait vous apprendre à vivre.

— Milady ! Je vous en prie, ne me parlez plus de cet homme !

Lady Mary lui prit la main, en un geste affectueux.

— Ne craignez rien, Annabelle, je parlais d'une façon académique. Désir, amour, séduction et beauté, ce sont des choses différentes. L'amour idéal n'existe pas !

Soudain, sa voix se brisa, et ses yeux s'embuèrent. Comme Annabelle se taisait, elle enchaîna sur un autre sujet à sa façon décousue, se tamponnant inlassablement le front avec son mouchoir de batiste. Annabelle retomba dans son mutisme.

Le bavardage de sa voisine lui parvenait par bribes, comme à travers une cloison. Ses pensées, son cœur plutôt, étaient ailleurs. Oui, elle l'attendait, son beau cavalier, mais il était passé sous ses fenêtres, sans la voir. Hier cependant, elle avait beau se répéter que tout était fini, ses espoirs resurgissaient, tenaces. N'avait-il pas été gentil avec elle pendant le dîner ? Ne gardait-elle pas encore sur sa joue l'empreinte brûlante de sa caresse ? Aimait-il sincèrement Arsinoé ? Annabelle avait passé une nuit blanche...

Elle laissa sa tête dodeliner sur le dossier moelleux. Hier, c'était du passé. Le matin même, le duc de Clayton avait retrouvé à son égard cette espèce d'amabilité cruelle teintée d'ironie dont elle avait tant souffert déjà.

Un silence religieux régnait dans la bibliothèque

ensoleillée. Annabelle avait posé sur ses genoux *Les Misérables* et s'était mise à lire un passage, de sa voix claire et bien modulée. En face d'elle, Lady Mary se balançait doucement sur un rocking-chair, au rythme des phrases. Assis à même le sol, le menton sur les genoux, Jean se grisait des mots inconnus. Ses grands yeux pervenche, frangés de longs cils noirs, restaient fixés sur la jeune fille qui lisait :

— « Marius était près de Cosette. Jamais le ciel n'avait été plus constellé et plus charmant, les arbres plus tremblants, la senteur des herbes plus pénétrante. Jamais toutes les harmonies de la sérénité universelle n'avaient mieux répondu aux musiques intérieures de l'amour... »

Annabelle avait réprimé un soupir. Elle s'apprêtait à continuer quand la porte roula sur ses gonds et Dorian Wilde apparut, tout de noir vêtu, arborant un sourire impénétrable. Il s'avança et ses pas résonnèrent dans la pièce. Tous les yeux se posèrent sur lui, réprobateurs. Le charme de la lecture fut rompu.

— Excusez-moi de vous interrompre, dit-il.

Le regard perdu dans le vague, il entra dans une ~~sorte~~ de damier d'ombre et de lumière qu'un panneau vitré projetait sur le parquet. Une expression de rage muette se lisait sur son visage. Lady Mary serra le petit page dans ses bras.

— Votre Grâce, qu'y a-t-il ?

Elle appelait son frère ainsi seulement à l'occasion de réceptions officielles ou lorsqu'elle le sentait bouleversé. Le duc esquissa un geste d'apaisement mais ses yeux noirs lançaient des éclairs.

— Mary, Jean, pouvez-vous sortir un moment ? J'ai deux mots à dire à mademoiselle de Villermont.

Jean eut une moue de désespoir.

— Dommage, on s'amusait bien avec Marius et

Cosette, pleurnicha-t-il, en enfouissant sa frimousse dans les jupes de Lady Mary.

Celle-ci lui ébouriffa les boucles.

— Viens mon chéri, je te promets que nous continuerons cette lecture plus tard.

Elle l'entraîna vers la sortie.

— Mademoiselle Annabelle ! s'écria l'enfant par l'entrebâillement de la porte, quand je serai grand, je vous épouserai !

Il fut tiré dehors et la porte se referma sur lui. Annabelle se leva. Elle eut le pressentiment d'un affrontement et fit un effort surhumain pour soutenir le regard de Dorian. Celui-ci commença, d'une voix neutre :

— Avez-vous pris possession de vos bagages ?

— Oui milord, répondit-elle étonnée, je les ai retrouvés ce matin devant ma porte.

Il s'abîma dans la contemplation d'un rayon poussiéreux de la grande bibliothèque en acajou.

— Avez-vous du courrier à expédier en France ? demanda-t-il, d'un ton détaché.

— J'aimerais écrire un mot à la mère supérieure du collège des franciscaines, pour l'assurer de l'issue de mon voyage.

Il passa un doigt sur la trame dorée d'une *Histoire des sciences naturelles* reliée en basane, tout en notant mentalement la réponse de la jeune fille.

— Hum, les franciscaines... fit-il entre les dents, dépêchez-vous de le faire, la diligence part demain pour Limassol.

— C'est tout ce que vous vouliez me dire ? murmura-t-elle.

Il fit volte-face et son regard noir fouilla le sien. Annabelle ne broncha pas.

— N'allez-vous pas écrire à Clémentine ? demanda-t-il en détachant chaque mot, elle doit s'inquiéter, elle aussi.

Annabelle battit des paupières.

— Je le voudrais bien, votre Grâce, mais la pauvre vieille ne sait pas lire. Je préfère lui envoyer un peu d'argent, dès que j'aurai touché mes gages.

Il hocha la tête d'une façon étrange.

— Cette attention vous honore, fit-il du bout des lèvres, elle était bien gentille dame Clémentine, très attachée à votre famille. Tant de morts successives ont dû l'affecter.

A l'évocation des malheurs qui avaient accablé les siens, la jeune fille essuya furtivement une larme.

— Nous avons été très touchés, ma sœur et moi, poursuivit-il, insensible au trouble d'Annabelle, surtout lorsque nous avons appris la fin tragique de votre frère.

Annabelle resta sans voix. « Il joue au chat et à la souris, mais dans quel but ? » pensa-t-elle, éberluée. Incapable de ravaler plus longtemps ses larmes, elle cacha son visage dans ses mains. S'approchant d'elle, le duc de Clayton lui écarta les mains et se pencha sur son visage baigné de larmes, avec une sombre curiosité qui exaspéra la jeune fille.

— Lâchez-moi ! hurla-t-elle, pourquoi me tourmentez-vous ainsi ? Pourquoi ces questions hypocrites ? Que voulez-vous savoir ? Que mon pauvre frère Guillaume est mort en combattant les Turcs ? Il a suivi l'exemple de Lord Byron et les mots d'ordre de Victor Hugo et de Delacroix. Il est mort pour sauver la Grèce et personne n'a le droit de s'en moquer !

Pendant une fraction de seconde, les yeux courroucés de Dorian s'adoucirent. Il lui prit le menton et elle pensa, affolée, qu'il allait l'embrasser.

— Je ne m'en moquais pas, Annabelle, murmura-t-il, son visage tout près du sien.

60

Soudain, il la repoussa dans un mouvement d'humeur inattendu. Son visage avait repris le masque du mépris.

— Je m'aperçois, mademoiselle, que vous vous sentez toujours questionnée et suspectée. Qu'avez-vous à vous reprocher ?

Elle explosa :

— A me reprocher ? Enfin ! Où voulez-vous en venir ?

— Ne montez pas sur vos grands chevaux ! J'étais simplement en train d'exprimer mes regrets pour la mort de Guillaume de Villermont. Rien de plus.

— Vous avez de drôles de façons de communiquer votre tristesse.

Il y eut un silence durant lequel ils se toisèrent, comme deux ennemis. Ensuite, Dorian Wilde pivota sur ses talons et sortit rapidement de la bibliothèque sans se retourner. Annabelle s'effondra sur son siège. Elle se dit que ce qui s'était passé entre eux était définitif et que plus jamais elle ne reverrait Dorian. Si ! Elle reverrait le duc de Clayton, en habit ou en costume d'apparat, lointain, hautain. Mais Dorian, le cher visage de son enfance heureuse, avait disparu à jamais. « Mon Dieu, songea-t-elle, sanglotant, ne pas être aimée, c'est déjà difficile mais être haïe à ce point, c'est insoutenable. »

Annabelle fut ramenée à la réalité par une violente quinte de toux. Renversée sur la banquette, Lady Mary suffoquait. Le cabriolet roulait à toute allure, soulevant des masses blanches de poussière à son passage.

— Seigneur ! gémit Lady Mary, cette poussière finira par me tuer.

Ses cheveux sombres mordorés, comme ceux de son frère, étaient trempés de sueur. Sous son léger fard, ses joues avaient pâli et les deux vilaines marques rouges avaient réapparu sur ses pommettes. Elle appliqua son mouchoir contre sa bouche et resta un long moment appuyée sur le dossier velouté, les yeux fermés.

— Comment vous sentez-vous ? interrogea Annabelle.

La jeune femme répondit par un hochement de tête rassurant. Elle retira le mouchoir de sa bouche. Une tache rougeâtre maculait le tissu blanc. L'instant d'après, elle l'enfouit dans son réticule en taffetas vert pomme.

« Du sang ! » songea Annabelle, épouvantée.

5

— Andréas ! Viens voir, c'est le grand luxe !

Deux silhouettes lilliputiennes se faufilèrent avec adresse dans les branches lisses du figuier. Les rayons de lune faisaient briller ses feuilles crénelées d'un éclat métallique. Ses rameaux enjambaient la grille du jardin. Nichés dans le feuillage, les deux petits mendiants pouvaient observer à leur aise le palais du gouverneur. Andréas soupira :

— Quel spectacle !

— Magnifique ! fit Pylade en écho.

Les deux gavroches écarquillèrent les yeux. Au milieu du parc verdoyant, une somptueuse construction clignotait ses feux. Ils ne pouvaient s'en rassasier. Muets d'admiration, haletants, ils admiraient les fastes interdits.

Une quinzaine de nègres à torchère flanquaient l'escalier du palais. A travers les hautes fenêtres du rez-de-chaussée, sous l'irréelle clarté des plafonniers à pendeloques multicolores, des ombres chatoyantes se mouvaient, dans d'étranges bruissements de taffetas et de satin.

— La soirée est très réussie, commenta Andréas.

— Oui, très ! souligna l'autre, d'une voix envieuse.

La main d'Andréas se referma sur la chemise de vulgaire treillis de son camarade.

— Oh ! la ! la ! Vois-tu ce carrosse qui vient d'arriver ?

— Celui qui a un lion sur chaque portière ? dit Pylade.

— Tu y es ! Vois-tu l'homme qui descend ?

Pylade plissa les paupières.

— Qui est-ce ?

— Le duc de Clayton. Autrement dit, le bras droit du gouverneur.

Il y eut un silence pendant lequel Pylade s'efforça de mettre une image sur le mot magique qu'Andréas venait de prononcer. A force de réfléchir, il faillit lâcher prise et tomber dans le remblai. Finalement, il se résigna à demander :

— C'est quoi un duc, dis ?

L'autre prit un air important.

— Mon pauvre Pylade, tu ne sais rien. Un duc, c'est un seigneur. Quelqu'un de pas commode, un Anglais, quoi !

Pylade se tut, écrasé par le savoir de son copain. L'instant d'après, il émit un sifflement chargé de sens. Une jeune femme avait surgi du carrosse, en s'appuyant au bras du duc.

— Et elle ? Tu la connais ?

Andréas fit une grimace de mépris. Décidément, ce malheureux Pylade n'avait aucune idée de la vie mondaine du pays.

— C'est Arsinoé Cantacuzène, chuchota-t-il, sa fiancée. Ma mère dit que lorsqu'elle l'aura épousé, nos malheurs prendront fin.

Il devinait dans l'obscurité les prunelles admiratives de Pylade. Celui-ci gratta ses cheveux frisés.

— Allons bon ! Et pourquoi ?

— Parce que ! Réfléchis deux secondes, eh ! patate ! Elle est Chypriote. Forcément, elle sera de notre côté.

Les deux gamins regardèrent Dorian Wilde traverser le parc. Ses épaulettes et les boutons dorés de son gilet accrochaient les rayons de la lune. Ombrés par son bicorne noir galonné d'or, ses yeux roulaient des lueurs fauves.

— Hé ! Andréas ! dit Pylade en frémissant, tu ne trouves pas qu'il ressemble aux guerriers qu'on voit dans les gravures du Grand Hôtel ?

— Oh, oui ! Je dirais même qu'il ressemble comme une goutte d'eau au dieu Arès du musée de Nicosie.

Arsinoé Cantacuzène se pendit au bras de Dorian. Le geste avait quelque chose de possessif. Pour assister à la soirée, elle avait choisi une robe chypriote dont la jupe en cloche lui tombait jusqu'aux chevilles. Un plastron de soie blanche tranchait sur son corsage rouge carmin zébré de vert, garni d'une riche dentelle vieil or. Sa chevelure sombre, divisée en plusieurs nattes serrées, était voilée d'une mantille dorée, imprimée de motifs grecs.

Elle marchait en se déhanchant, avec l'assurance des femmes conscientes de leur beauté. Ses yeux de topaze charbonnés au khôl, immenses, fixaient le lointain. Subjugués, les deux enfants regardèrent le couple gravir les marches. Tout à coup, une voix caverneuse survint, à quelques mètres de leur cachette.

— Ah ! Je vous tiens ! Pouilleux ! Petits gueux ! Disparaissez, sinon je vous transforme les fesses en passoires !

Un garde avait surgi du néant, un fusil à bout de bras. L'ombre cachait son visage mais son imposante carrure, que le clair de lune rendait colossale, suffit à impressionner les garnements.

— Filons ! cria Pylade, le spectacle est terminé.

65

Le garde lorgna les deux intrus. Ils dégringolèrent de l'arbre et s'évanouirent dans la nuit.

Le duc de Clayton et sa fiancée traversèrent un vestibule lambrissé de glaces vénitiennes. Selon l'usage, ils s'arrêtèrent au seuil de la porte vitrée, grande ouverte sur le vaste salon. Un laquais, accoutré d'une livrée pourpre brodée d'argent, accourut au-devant d'eux. Sa perruque poudrée jurait sur son visage de bronze pâle. Il annonça, en bombant le torse :

— Lord Dorian Wilde, duc de Clayton, officier de Sa Gracieuse Majesté ! Mademoiselle Arsinoé Cantacuzène !

La salle avait été aménagée en vue de la réception. Le mobilier avait été remplacé par des sofas en bois de palissandre et en soie bleu de paon, assortis à des tables basses en marqueterie. Les lustres dorés, les flambeaux et les chandeliers en fer forgé déversaient un torrent de lumière orangée, laquelle se reflétait dans les miroirs, les tableaux et les surfaces polies. Des dizaines de paires d'yeux se fixèrent sur les nouveaux venus. De vagues murmures d'approbation se levèrent parmi les invités.

— Quel couple réussi ! susurra madame la colonelle White à la comtesse Foscarini.

Celle-ci, mollement étendue sur les coussins d'un sofa, caressa d'une main indolente les innombrables rangées de perles de son collier.

— En effet, admit-elle de sa voix mourante, Arsinoé a fait une excellente affaire. Quant au duc, il n'est pas insensible à l'opinion publique.

La colonelle réprima un gloussement.

— Vous êtes plutôt mauvaise langue !

— Tenez ! coupa la comtesse, votre gouverneur de mari s'apprête à les accueillir. Il admire son œuvre.

Madame White fit la sourde oreille. Au fond d'elle-même, elle jubilait. « Vous pouvez toujours caqueter, songea-t-elle, vous avez perdu la partie. »

Arborant un sourire triomphal, elle propulsa sa silhouette longiligne et blanche vers les nouveaux arrivants.

— Cher Clayton ! s'exclama le gouverneur, c'est un honneur et un immense plaisir de vous avoir chez moi.

Ses yeux bleu faïence se reportèrent sur Arsinoé.

— Mademoiselle Cantacuzène, vous êtes un peu plus ravissante chaque jour.

Arsinoé inclina la tête, en un mouvement étudié.

— Je vous remercie, colonel White, dit-elle.

Mrs White s'approcha, la mine épanouie.

— Quelle délicieuse robe vous avez ! dit-elle, dans un cri d'une gaieté exagérée.

— Anne, ma chère, interrompit le colonel, allez donc tenir compagnie à notre amie Arsinoé. Je voudrais m'entretenir d'un important sujet avec le duc.

La comtesse Foscarini n'avait pas quitté sa place. Elle s'était seulement redressée sur ses coussins. D'un regard amusé, elle suivit le gouverneur qui entraînait Dorian Wilde à l'écart. En un clin d'œil, elle examina la triste mine du duc. Depuis son arrivée, lui, si mondain d'habitude, il n'avait pas desserré les dents. Pire ! Son visage contracté attestait une sorte de mécontentement obscur. Pour qui ? Pourquoi ? La comtesse ne saurait encore le dire, mais elle se promit de le découvrir.

Elle déposa son verre sur le plateau laqué d'une table et se releva, en cherchant des yeux son époux.

Elle le découvrit en compagnie de Hasselguist, l'ambassadeur suédois. Les deux hommes conversaient à voix basse, à proximité du buffet, tout en dégustant une coupe de Duke of Nicosia. La comtesse se dirigea vers eux, les yeux mi-clos.

— Alors ? On complote ?

Elle avait lancé la phrase sur un ton gouailleur qui contrastait avec son élégance.

— Bien sûr, ma mie, comme d'habitude, répondit le comte Foscarini en riant.

Hasselguist détourna la tête, un peu gêné. Comme la comtesse se penchait à l'oreille de son mari, il eut une brève vue plongeante dans son décolleté, dont la profondeur laissait voir l'amorce des sillons entre les globes lourds de ses seins. Le comte Foscarini émit un ricanement.

— Ma femme est folle ! déclara-t-il, vous n'imaginerez jamais ce qu'elle vient d'inventer.

Les iris incolores de Hasselguist s'animèrent.

— Non, mais je serais heureux de l'apprendre.

— Eh bien, elle prétend que le duc de Clayton est un loup pris au piège.

— Le piège du mariage, il va de soi, corrigea la comtesse.

Le Suédois passa une main tremblante dans sa chevelure argentée soigneusement gominée.

— A dire vrai, j'ai eu la même impression, avoua-t-il, le duc n'est pas heureux.

Il suspendit sa phrase de lui-même. Les Foscarini échangèrent un regard triomphal.

— Oubliez-le, soupira Hasselguist, c'était une plaisanterie.

Et il lissa machinalement les revers de satin de son frac. Puis, ses longues mains blanches, veinées de bleu pâle, se crispèrent sur sa coupe de cristal taillé. Ses joues maigres se creusèrent davantage.

— Excusez-moi, bredouilla-t-il, j'aperçois un ami.

Il s'éloigna. Manifestement il s'en voulait de s'être laissé aller à des confidences. Le comte frôla le menton de sa femme.

— Ma belle Claudia, vous avez réussi à extorquer à

Hasselguist ce qu'il pense vraiment de ce mariage. Félicitations !

Elle haussa ses épaules dénudées :

— Il a eu le mérite de dire tout haut ce que tous pensent tout bas, répliqua-t-elle. Clayton a beau prétendre qu'il est amoureux d'Arsinoé Cantacuzène, c'est tout de même une mésalliance.

— Je vois où vous voulez en venir.

— Hélas, mon ami, vous auriez mieux fait de m'écouter et d'insister davantage auprès de Lady Mary au sujet de votre filleule.

Le comte Foscarini vida son verre d'un trait. La pâleur naturelle de son visage, accentuée par le bleu nuit de son veston à galon de soie et son faux col en velours sombre, lui donnait un air de beau ténébreux.

— Ma filleule est une jeune fille de grande famille, chuchota-t-il. Elle a toutes les qualités sauf une et sur laquelle, semble-t-il, le duc est intransigeant.

— Laquelle ?

— La vertu, chère Claudia, un vain mot pour vous.

La comtesse s'éloigna, vexée. Les lèvres serrées, elle jeta un coup d'œil oblique vers l'objet de ses conspirations matrimoniales. Accoudé au marbre turquin de la cheminée, Dorian Wilde écoutait d'une oreille distraite le monologue du gouverneur. Une ride verticale lui barrait le front, juste entre les circonflexes de ses sourcils. Son regard inexpressif fouillait la salle. Il semblait chercher quelqu'un. « Une femme ? » s'interrogea la comtesse, intriguée. Elle résolut de retourner à son sofa.

— ... une poignée d'illuminés, disait le gouverneur sur un ton confidentiel, un groupe de brigands. D'après mes renseignements, ils ne sont pas plus de deux cents. Ils sont voués corps et âme à ce fameux

Capetan. Cela commence à bien faire. Vous m'entendez, Clayton ?

Dorian eut un geste las.

— Oui, oui. Et que puis-je faire ?

— Les démanteler. L'empire britannique ne peut pas souffrir d'être bafoué par des bandits.

— Avez-vous une idée de l'identité de ce Capetan ?

— Aucune, admit le gouverneur. Certains disent qu'il n'existe même pas. Toujours est-il que ces groupes infestent la montagne de Troodos. Ils se sont mis dans la tête de chasser les Anglais de Chypre. Je pense qu'il faudrait...

— Excusez-moi ! coupa Dorian.

Interdit, le gouverneur le regarda traverser l'immense salon pour s'arrêter à la hauteur d'un personnage d'une quarantaine d'années, excessivement guindé dans sa redingote blanche. « Doux Jésus ! se dit le colonel White, voilà que le duc a des contacts avec des agents français maintenant. On aura tout vu. »

— Baron de Maricourt, dit Dorian, avez-vous une minute à me consacrer ?

Le consul français acquiesça, en souriant. Il se sentait flatté que le duc daignât le solliciter.

— Plusieurs même, Votre Grâce, répliqua-t-il.

Il remarqua que les yeux de son interlocuteur restaient hagards et son sourire se figea. Décontenancé, il le suivit, en tripotant l'œillet vert qui décorait sa boutonnière. Dorian Wilde lui tendit un bout de bristol sur lequel il avait tracé un nom.

— Je veux prendre connaissance du dossier de cette personne, dit-il d'un ton sec, j'ai des raisons de croire qu'elle a été placée chez moi sous un nom d'emprunt, à seule fin de m'espionner.

Le baron de Maricourt prit le bout de carton, avec une indifférence affectée.

70

— Ce soir même, j'adresserai une missive au ministère de l'Intérieur, affirma-t-il.

— Je compte sur vous ! dit Dorian.

Le consul le regarda s'éloigner. A force de rétrécir, ses yeux n'étaient plus que deux fissures.

— Nous ne sommes pas encore mariés et vous me négligez déjà ! se plaignit une voix tout près de Dorian.

Se retournant, il vit les prunelles pâles d'Arsinoé, empreintes d'un tendre reproche. Il l'attira doucement vers lui et elle s'abandonna à son épaule. « Le couple idéal ! » ricana la comtesse Foscarini.

— L'archimandrite Anthémios ! annonça le laquais.

Un silence se fit et tout le monde se leva. Le pope, affublé d'un majestueux *kalimavhi* (1), déboucha du vestibule. Il avait soigné son entrée, de manière à impressionner son public. Il s'immobilisa un moment au seuil de la porte, juste ce qu'il fallait pour qu'on pût l'admirer, puis, superbe et indifférent, il se mit à déambuler parmi les invités. Ceux-ci s'étaient divisés spontanément en deux rangées. Une énorme croix byzantine sertie d'émeraudes se balançait sur la poitrine du pope, arrachant des murmures d'excitation. Inquiet, mobile, son œil brassait la foule, sondant les visages. Il aperçut la comtesse Foscarini et battit les paupières, en signe de reconnaissance. Elle inclina sa tête rousse ornée d'un diadème flamboyant. Anthémios observa qu'elle portait une longue robe toute en draperies, taillée dans un brocart mandarine brodé de strass qui rehaussait sa beauté un peu fade.

— Monseigneur !

Le gouverneur marchait à la rencontre du prélat. Son casque étincelait. Sous la lumière jaune citron des candélabres, ils s'examinèrent sans complaisance. « Le

(1) Kalimavhi : tiare cylindrique en soie noire surmontée d'un voile noir tombant jusqu'aux pieds, portée par les prélats orthodoxes.

diable ! » se dit le colonel White. « Un hypocrite ! » pensa Anthémios. D'un geste rond, il présenta sa main endiamantée à l'Anglais. « Qu'il l'embrasse et qu'on n'en parle plus. » Mais au lieu de baiser la main tendue du prélat, le gouverneur se contenta de la serrer mollement.

— Monseigneur, dit-il à voix haute, soyez le bienvenu dans ma demeure.

L'œil rubigineux d'Anthémios lança un éclair sanglant. Sa lèvre inférieure s'avança en un rictus de mécontentement. « Ils veulent nous mettre dans leur poche et ils refusent un minimum de concessions », songea-t-il âprement. Autour d'eux, le silence s'épaississait. C'est d'un ton sourd que l'archimandrite répondit :

— Je vous remercie, colonel White. J'espère vous recevoir un jour dans ma demeure à moi qui est celle de notre Seigneur. La population est orthodoxe, vous êtes son gouverneur, de vos efforts dépendra la paix dans ce pays. J'ai entendu dire que les Anglais étaient habiles en politique.

Le teint du gouverneur vira au rouge brique.

— Mais ils le sont, Monseigneur, fit-il d'une voix étranglée, la preuve, c'est que vous êtes là !

Il y eut une pause entre les deux hommes où l'on s'attendit à une catastrophe. « Ce n'est pas aujourd'hui qu'il acceptera de nous concéder des droits », se dit Anthémios. Enfin, au bout d'une éternité, un suave sourire éclata dans sa barbe noire.

— Je vous remercie pour votre accueil, dit-il simplement.

Il esquissa un vague geste de salutation et se mêla à la foule des invités.

Anne White poussa un soupir de soulagement. A ses côtés, Arsinoé Cantacuzène respirait par saccades.

— Il s'en est fallu de peu pour qu'un incident ne se

produise. J'espère que Monseigneur se montrera compréhensif, dit Mrs White.

— N'ayez crainte, répondit Arsinoé. Anthémios est un diplomate-né. Malheureusement, on ne peut pas en dire autant de votre époux, madame White.

Elle ajouta, avec une passion subite :

— Pauvre peuple ! Il lui faudra une action plus éclatante, s'il veut être entendu. Méfiez-vous, Mrs White, cela viendra.

La colonelle sursauta. Ses joues plâtrées de fard blêmirent. Sa bouche écarlate aux reflets mauves, s'incurva en une grimace de dépit. Elle jeta autour d'elle un regard égaré. L'expression ironique des voisins acheva de l'exaspérer.

A ce moment, la voix de stentor du laquais attira l'attention générale :

— Lady Mary Wilde ! Mademoiselle Annabelle de Villermont !

6

— Une revenante ! chuchota la comtesse Foscarini à Hasselguist, Mary Wilde réapparaît dans le monde.

Comme il ne répondait pas, elle ajouta en haussant le ton, exprès :

— Il paraît que ça défile, les maîtres d'hôtel au château.

Manifestement, l'ambassadeur suédois était subjugué par autre chose.

— Qui est la jeune personne qui l'accompagne ? demanda-t-il.

— Vous parlez, sans doute, de cette oie blanche ? Je ne la connais pas.

Désappointée, elle déplia son éventail dans un petit bruit sec. Puis, elle débita une banalité pour se donner une contenance.

— Excellence ! Madame la colonelle !

Lady Mary salua gracieusement le gouverneur et son épouse qui s'étaient précipités à sa rencontre. Elle avait conscience que tout le monde l'observait. « Comme j'ai dû changer », songea-t-elle. Un miroir, accroché juste en face d'elle, lui renvoya son reflet. Sa robe étroite en taffetas noir, plutôt collet monté, égayée d'une broche en brillants en forme de scarabée, soulignait la blancheur presque crayeuse de son teint. Elle se tourna vers ses hôtes.

— Permettez-moi de vous présenter mademoiselle Annabelle de Villermont.

Rien n'échappait à Hasselguist. Ses amis disaient qu'il avait des jumelles à la place des yeux. Il remarqua avec étonnement que le consul français se glissait prudemment vers la sortie.

Annabelle salua timidement le gouverneur et Mrs White. Hasselguist avala le contenu de son verre. « Je parie qu'elle fait sa première sortie », supposa-t-il, ému par sa jeunesse. Il ne se trompait pas. Après les présentations, Annabelle suivit d'un regard mélancolique Lady Mary, alors que celle-ci s'approchait d'un groupe d'élégantes où elle fut accueillie par des exclamations de joie. « Comment peut-on se sentir si seule au milieu d'une pareille foule ? » pensa-t-elle. Elle esquissa quelques pas sans but précis, puis, ayant croisé l'ardent regard d'Anthémios, elle rebroussa chemin. L'archimandrite feignit de l'ignorer et continua la messe basse qu'il avait engagée avec la comtesse Foscarini. Hasselguist réprima un sourire amusé. « En voilà une qui ne se jette pas à la tête de cet oiseau de malheur. »

Petit à petit, sans se rendre bien compte, il se prenait d'amitié pour cette jeune fille qui paraissait si merveilleusement naturelle au milieu de toutes ces femmes sophistiquées.

Mal à l'aise, Annabelle songea à l'extrême simplicité de sa robe et à l'absence de bijoux. Elle avait pourtant hésité longtemps, avant de faire son choix. L'après-midi même, elle avait découvert avec horreur que sa garde-robe laissait à désirer. Une dizaine de robes constituaient son maigre bagage. Des vêtures un peu défraîchies par le voyage, d'une mode qui lui avait paru surannée à côté des luxueuses toilettes de Lady Mary.

— J'ai vraiment l'air d'une pauvresse, avait-elle constaté.

Nausika s'était proposée de l'aider.

— Mettez donc une des robes de madame, elle ne s'en rendra même pas compte.

La jeune fille avait hésité. Elle pensait avec dépit qu'Arsinoé Cantacuzène ne manquerait pas de porter un costume magnifique. Nausika s'était emparée d'une robe de bal pailletée, garnie de dentelles blanches et de rubans verts.

— Celle-ci vous irait bien, déclara-t-elle.

Annabelle sourit. Elle se souvint de sa brave Clémentine qui ne se gênerait pas pour observer :

— Grâce à la mode actuelle, on ne distingue plus les honnêtes femmes des courtisanes !

Dès lors, sa décision fut prise.

— Laissez, Nausika, je me débrouillerai.

C'était fait. Maintenant, elle se sentait ridicule. « Tant pis, se consola-t-elle, il faut avoir le courage de ses opinions. » Soudain, elle aperçut le bicorne du duc de Clayton, noyé dans la cohue. Elle devina la présence d'Arsinoé à ses côtés et son cœur se serra. « Encore une habitude à prendre », se dit-elle. Dorian Wilde s'entretenait avec un homme de petite taille, replet, grassouillet et luisant, coiffé d'un fez rouge vif. Dorian tournait le dos à Annabelle. Jamais il ne lui avait paru plus inaccessible.

— Mademoiselle de Villermont ? dit une voix fêlée.

Annabelle se retourna. L'étonnement qui se dessina sur son visage juvénile fit sourire l'homme qui l'avait interpellée.

— Je vous demande pardon de vous aborder ainsi, mais j'ai entendu Mary vous présenter au gouverneur. Je suis Hasselguist, ambassadeur de son altesse Oscar II. Vous êtes Française, n'est-ce pas ?

Elle acquiesça. Il poursuivit.

— J'adore votre pays. J'ai fait mes études de lettres à la Sorbonne et j'avoue avoir un faible pour la culture française.

— Vaste sujet ! sourit-elle.

— En effet ! N'allez pas croire que j'aime tout, sans discernement. Monsieur Hugo est très en vogue, mais il m'ennuie. En revanche, Charles Baudelaire est un de mes poètes favoris. Mais peut-être vous a-t-on interdit de le lire ?

Annabelle secoua la cascade de ses boucles platinées.

— Au couvent, on ne pouvait prononcer son nom, sous peine d'être renvoyée. Heureusement, mon père possédait une bibliothèque bien garnie et j'ai pu lire *Les Fleurs du mal*.

— Et alors ? Cette littérature maudite ne vous a pas choquée ?

— Choquée ? Pas le moins du monde. Baudelaire a ouvert à la poésie des horizons nouveaux et cela ne me déplaît pas qu'il ait secoué le joug des romantiques.

Une lueur d'intérêt s'alluma dans les prunelles délavées du Suédois.

— Ravi de vous l'entendre dire, approuva-t-il, dommage qu'un tel poète reste méconnu.

Elle répliqua d'un ton passionné :

— L'art est éternel, monsieur, et la société trop rétrograde pour admettre les génies. Dans cent ans, j'en suis sûre, Charles Baudelaire aura trouvé sa place dans la pléiade des grands créateurs.

Un lumineux sourire éclaira le visage hâve de Hasselguist.

— Enfin ! s'écria-t-il, enthousiaste, j'ai découvert l'oiseau rare ! Une belle femme qui sait parler d'autre chose que de ses chiffons.

Elle eut un geste apaisant.

— Les femmes parlent de ce dont on veut bien les laisser parler, monsieur, riposta-t-elle.

Il éclata d'un rire tonitruant.

— Bonne leçon pour les vieux misogynes, admit-il de bon cœur.

L'ambassadeur suédois passa son bras sous celui d'Annabelle, en un geste familier. On eût dit que l'ennui de son existence l'avait brusquement quitté.

Il annonça, péremptoire.

— Je ne vous lâche plus. Venez, je vais vous présenter à mes éminents collègues.

Dorian Wilde se rendit compte subitement que, depuis un bon moment, l'attaché militaire turc ne l'écoutait plus. Enver bay voguait ailleurs. De sa main potelée, il redressa pour la énième fois son fez qui s'obstinait à glisser, découvrant un crâne bleuâtre, entièrement rasé. Les gestes du Turc surprenaient toujours Dorian. Ils avaient quelque chose de félin et d'inattendu, une sorte de force en soi qui détonnait avec l'apparence veule du personnage. Dans un chuchotement langoureux, Enver bay lui fit part de ses préoccupations.

— J'admirais notre ami Hasselguist. Malgré sa réputation d'avoir un glaçon à la place du cœur, il a fait la conquête de la plus belle femme de la soirée.

Il se tourna vers Arsinoé, mielleux.

— La plus belle, excepté vous, bien sûr.

Le duc de Clayton suivit le regard de son interlocuteur. A travers une buée rose, il aperçut au bras de l'ambassadeur suédois une jeune fille éblouissante, habillée d'une simple robe de tulle blanc aux pans retroussés sur un jupon finement rayé de vieux rose.

— C'est Annabelle, articula-t-il, comme s'il eût été important que l'autre comprît ce prénom.

— Elle est divine ! dit Enver bay.

Arsinoé se mordit la lèvre inférieure. Parmi les tissus lamés style tapisserie, étoffes alourdies de plissés, de volants, de ruches, dont les autres femmes étaient vêtues, Annabelle semblait enveloppée dans un nuage. Le bleu saphir de ses yeux, la nacre de sa peau, le lustre de ses cheveux, rivalisaient avec les plus précieuses parures. Une cour de sires prévenants entourait la jeune fille. Leurs figures fleuries avaient pris cette nuance cramoisie qui trahit l'émotion. Dorian Wilde avala sa salive, en proie à une colère inexpliquée. Arsinoé dit sèchement :

— La plus belle femme de la soirée est la cousine de Dorian.

Enver bay leva ses sourcils broussailleux.

— Compliments, mon cher duc, je serais ravi que vous me la présentiez.

— Eh bien, mon chéri, roucoula Arsinoé, ne faites pas attendre le bay, allez donc chercher notre Annabelle.

Sa bouche se pinça sur les derniers mots. Le duc considéra sa fiancée d'un air sombre. Elle ne broncha pas.

— Allez ! insista-t-elle, d'un ton de défi.

Dorian fit volte-face et se dirigea à grandes enjambées vers Annabelle. La jeune fille leva les yeux et leurs deux regards se rencontrèrent. Ce fut un étrange éclair. Qu'y avait-il cette fois dans le regard du duc de Clayton ? Il n'y avait rien et il y avait tout : amour, haine, tendresse et désespoir. Elle sentit les pulsations de son cœur redoubler dans sa poitrine. « Des chimères », se dit-elle. Comme il la fixait toujours, elle eut l'impression qu'un gouffre mystérieux s'était entrouvert puis refermé avec fracas. Elle baissa les yeux, bouleversée. « Oh ! Dorian, venez me chercher et emmenez-moi très loin », pria-t-elle.

Pour s'approcher d'elle, Dorian Wilde dut se frayer un chemin en jouant presque des coudes. Il fut même obligé de pousser légèrement le vieux Ruskin, chargé d'affaires russe et le comte Foscarini, délégué vénitien.

Quand Annabelle releva les paupières, il était planté devant elle, la dominant de tout son grand corps nerveux. Il la saisit par le bras, sans délicatesse.

— Désolé de vous l'enlever, messieurs, dit-il d'un ton sans réplique.

— Faites donc, Clayton, riposta Hasselguist avec un vague regret dans la voix, loin de nous l'idée d'accaparer votre ravissante cousine.

— Clayton récupère son bien de famille ! grinça le comte.

— Mais quelle sacrée chance vous poursuit, milord, renchérit le vieux singe de Ruskin dont l'accent heurté faisait la joie des femmes du monde, quelle chance ! Toujours entouré d'une flopée de jolies personnes...

Un jeune valet portant un plateau en argent massif rempli de verres attira l'attention de l'assemblée. Le groupe se dispersa, en poussant des gloussements assoiffés.

— Où m'emmenez-vous ? demanda Annabelle, émerveillée.

Il accentua la pression de sa main sur le bras de la jeune fille, jusqu'à la douleur.

— Oh ! pas loin, rassurez-vous ! Vos soupirants auraient vite fait de vous réclamer. En tout cas, je vous félicite. Pour une première sortie, vous en avez fait du chemin, dites-moi !

Les joues d'Annabelle rosirent.

— Ce sont des gens charmants.

— Charmants, certes, empressés surtout à se jeter à corps perdu dans la conquête d'une belle inconnue. Tout ce qui est nouveau les émoustille.

Il parlait d'une façon haletante qu'elle ne lui connaissait pas. Elle lui demanda, alors, à brûle-pourpoint :

— Seriez-vous jaloux, Votre Grâce ?

C'était dit sans ironie et même avec une pointe

d'attente douloureuse. Les doigts de Dorian s'enfoncè-
rent dans la chair satinée de son bras, faisant crisser le
tulle comme du papier de soie. Etait-ce une réponse ?

L'arrivée inopinée de l'archimandrite lui ôta toute
occasion de le savoir dans l'immédiat. Anthémios
prenait congé. Son dur regard s'attarda un instant sur
le duc de Clayton.

— Ah ! Votre Grâce ! Je m'en voudrais de quitter ce
lieu sans vous saluer. Oserai-je espérer qu'un jour
j'aurai l'honneur de vous croiser à nouveau ?

L'intonation d'Anthémios était tellement sirupeuse,
qu'elle atteignait la limite de la provocation. Or, le fiel
de son sourire démentait ses propos. Son *kalimavhi*
entourait d'une auréole noire son visage en lame de
couteau. « Dorian est haï ! » Cette pensée perça d'elle-
même dans l'esprit d'Annabelle, comme un cri. Le duc
ne parut pas attacher d'importance aux paroles d'Anthémios, pas plus qu'à ses œillades vénéneuses. Il se
contenta de formuler un respectueux « au revoir,
Monseigneur » et passa son chemin, la tête haute.

Tous deux traversèrent le salon en silence, chacun
gardant pour lui ses réflexions. « Il m'aime ! Il
m'aime ! chantait le cœur d'Annabelle, sinon pourquoi
serait-il jaloux de mon succès ? » Et l'étau brûlant de
ses doigts sur son bras n'en était-il pas une preuve
éclatante ? A cette idée, elle ne put refréner un radieux
sourire. « Oui, il m'aime ! »

Il lui sembla que dorénavant elle évoluait dans un
merveilleux palais immatériel fait de rayons d'étoiles et
d'arcs-en-ciel ; que le prince charmant l'avait choisie
entre toutes les femmes, elle, Cendrillon, et qu'il la
conduisait sur une piste féerique pour ouvrir le bal.
Elle ignorait que de son côté, le duc s'était mis à
raisonner. « La dernière bêtise à commettre, lui mur-
murait une voix masculine, ce serait de t'amouracher
de cette fille, sous prétexte qu'elle est jolie et qu'elle te

plaît. Fais-en une maîtresse, elle s'en contentera. Et de toute façon, elle ne mérite pas plus. »

Il n'y eut pas de bal. L'air rose et sucré dans lequel ils se mouvaient se dissipa. Les cloisons de l'édifice retrouvèrent leur affreuse opacité. Arsinoé était là, qui attendait. Assise sur un sofa, droite, les mains sur ses genoux, immobile. Toutes ses pensées chargées de poison passaient dans ses prunelles de chat, comme dans un livre ouvert. Le sourire d'Annabelle s'effaça. Quelqu'un d'autre attendait, affalé près d'Arsinoé et c'est vers celui-ci que Dorian la conduisait.

Enver bay bondit sur ses pieds. Il avait des yeux rapprochés, comme ceux des renards. Un large sourire entrouvrait ses lèvres épaisses sur des dents gâtées.

— Voilà, Enver bay, dit le duc sans gaieté, j'ai arraché la belle à ses admirateurs et vous la confie.

Le Turc commença à pousser une incroyable gamme de cris admiratifs en exécutant une sorte de gigue autour de la jeune fille :

— Sublime ! Exquise ! Une houri du paradis d'Allah ! Une créature de rêve. Chypre est bien l'île d'Aphrodite, puisque la voilà !

Il suspendit son envolée lyrique, totalement satisfait de lui-même. Il s'amusait follement. Il était bien le seul. Dorian semblait de marbre. Arsinoé, harponnant d'une façon démonstrative la main de son fiancé, annonça qu'elle était lasse. Annabelle, prise au piège, luttait entre la fuite éperdue et le fou rire. « Quand tout s'écroule, disait Guillaume son frère, mieux vaut prendre le parti d'en rire. » Le duc de Clayton enlaça Arsinoé.

— Allons saluer le gouverneur, ma douce.

Et comme Annabelle le dévisageait, pétrifiée, il ajouta avec indifférence :

— Passez une bonne soirée, mademoiselle de Villermont !

Annabelle le regarda s'éloigner en tenant Arsinoé par la taille et se mêler aux retardataires. A nouveau le monde bascula et elle se demanda avec angoisse si cet homme ne se jouait pas d'elle.

— Asseyons-nous, dit Enver bay.

Son accent rocailleux écorchait toutes les langues.

— Oui, pourquoi pas ? fit Annabelle en écho.

Elle se laissa tomber sur le sofa. Le Turc se glissa près d'elle.

— Que pensez-vous de mon costume ? C'est mon sultan bien-aimé, Abdul-Hamid II, qui me l'a offert.

Il se trémoussa avec la coquetterie d'une vieille femme. Annabelle lui jeta un regard incrédule. « Il a l'air d'une frégate enrubannée. » Enver bay gardait constamment le torse bombé et la mâchoire relevée. Du bout de ses babouches en velours carmin brodé d'or, en passant par son *schalvar* bouffant, entièrement lamé, et jusqu'au gland de son fez, le bay semblait plongé dans la dorure. Tout en parlant, il jouait mollement avec un étui incrusté de perles, pendu à sa ceinture de satin rose bonbon.

— Et ça, dit-il, fier, c'est un yatagan que mon seigneur Osman Pacha m'a donné, pour services rendus en Crète.

Annabelle ouvrit la bouche mais les mots ne venaient pas.

Se méprenant sur son silence, le bay continua :

— Je comprends votre admiration. Vous êtes devant l'un des plus grands généraux de l'empire ottoman. J'ai joué avec la mort. J'ai les mains rouges du sang de mes ennemis.

« En Crète ! Comme Guillaume », se dit confusément la jeune fille. Mais plus rien ne l'intéressait. L'absence de Dorian avait rempli la salle. Son départ avait jeté une ombre noire sur l'éclat de la soirée. Le bay poursuivit sur sa lancée :

— Le plus grand bonheur de l'homme, c'est de vaincre ses ennemis, c'est Gengis Khan qui a dit ça !

Annabelle se força à échanger quelques propos de politesse avec l'attaché militaire turc.

— Cela doit être une grande joie pour un militaire, dit-elle, que de recevoir tant de cadeaux de ses supérieurs.

Il lui tendit une coupe de « pink lady » qu'elle accepta machinalement.

— Oui, répondit-il, c'est une juste récompense pour mon courage exceptionnel et mes grandes capacités guerrières.

Annabelle trempa ses lèvres dans son verre. « C'est pour me présenter à cette brute que Dorian est venu me chercher », songea-t-elle amèrement. La lumière avait baissé. La plupart des invités étaient partis. Aux lueurs vacillantes des bougies à moitié consumées, les visages des retardataires paraissaient estompés. Enver bay attaqua à nouveau :

— Quand le sultan veut mettre les *giaours* en déroute, il tape trois fois dans ses mains. Envoyez-leur Enver bay, ordonne-t-il, qu'il en massacre une bonne centaine ! Et je me rue sur eux, comme un dragon.

Annabelle avala sa salive. « Non, Dorian ne m'aime pas. »

— Qui sont les *giaours* ? demanda-t-elle, feignant de s'intéresser aux propos du bay.

— Ce sont nos ennemis héréditaires, les Grecs.

— Et comment se fait-il qu'on puisse vous apercevoir sous le même toit qu'Anthémios ?

Enver bay se rembrunit.

— Marbre contre granit ! murmura-t-il, haineusement.

Son teint sombre était devenu rouge, d'un rouge pourpre et chaque parole qu'il prononçait faisait le même effet sur le visage d'Annabelle que les bouffées d'un soufflet de forge sur un tison ardent. Il se calma, puis reprit d'une voix sépulcrale :

— Je n'aurai de cesse qu'il ne soit pendu haut et court.

Enver bay se tut, anéanti un instant par tout ce tourbillon de haine qu'il avait dans la tête. D'écarlate qu'il était, il devint subitement blanc comme un linge.

— Excusez mon emportement, fit-il d'une voix humble.

En vain, Annabelle cherchait parmi les derniers invités Lady Mary. La réception avait commencé comme un rêve et se terminait dans une atmosphère de cauchemar. Effrayée, elle jeta un coup d'œil en biais sur son interlocuteur. Il s'était repris avec une parfaite maîtrise. Il lui adressa même un sourire presque humain.

— Assez parlé de moi. Parlons de vous, belle dame. Quel est ce nuage qui rend si triste le ciel bleu de vos yeux ?

Le ronronnement pompeux de son discours fit sourire Annabelle malgré elle.

— Il n'y a aucun nuage, Excellence.

— Et cependant vous semblez tourmentée. Vous êtes amoureuse !

— Ah oui ? Et de qui donc ?

Le Turc la considéra gravement. Rien ne bougeait sur sa face rondelette, polie comme le cuivre. Ses yeux mêmes semblaient ternis. Enfin il parla, en retrouvant sa voix tendre et mielleuse où se mêlaient encore quelques accents pointus.

— De qui ? Pauvre petite fille, cela se voit comme le nez au milieu de la figure. Mais du plus riche, du plus beau, bien entendu, de Dorian Wilde, notre héros national !

Annabelle se raidit. « Tous méchants comme des

teignes, venimeux comme des serpents », pensa-t-elle. Elle baissa les yeux sur sa coupe à moitié vide.

— Vous le détestez aussi ? hasarda-t-elle.

Le Turc partit d'un rire bas.

— Je hais Anthémios qui me le rend bien, et tous, nous détestons Dorian Wilde. Autant que vous, vous l'aimez !

Annabelle eut un haut-le-corps. Lâchement, il ajouta :

— Mademoiselle Cantacuzène s'est aperçue de votre faiblesse pour son fiancé.

Elle bondit sur ses pieds. Elle manquait d'air.

— C'est faux ! cria-t-elle avec vivacité.

Il lui saisit le poignet et la força à se rasseoir.

— Votre bonne humeur s'est envolée dès l'instant que le duc de Clayton est sorti de cet endroit.

— Lâchez-moi, vous m'agacez.

Il approcha son visage glabre du sien, jusqu'à ce qu'elle ne vît plus que la fissure de ses pupilles. Il reprit dans un souffle :

— *Kismet !* Votre destin est là, niché au creux des lignes de votre main.

Il lâcha prise et elle se mit à frotter son poignet meurtri.

— Vous n'y échapperez pas, poursuivit-il, vous aimerez toujours l'insaisissable. L'homme de votre vie n'est pas libre. Et il est menacé, dans ce pays !

— Enver bay, dit Annabelle, partez ! Je vous en supplie.

Il se redressa aussitôt.

— Je déteste m'imposer. De plus, avec ma fâcheuse tendance à dire la vérité, si âpre soit-elle, je deviens antipathique. Nous nous reverrons, mademoiselle de Villermont.

Enver bay pivota sur ses babouches dorées et s'éclipsa. Annabelle s'adossa un instant à son sofa, les yeux clos. Son âme livrait bataille. Cette soirée si ordinaire avait ouvert une brèche sur un autre monde, inconnu et qu'elle ne désirait pas comprendre davantage. Une idée persistait, la plus horrible de toutes, Dorian était entouré d'ennemis ! Se rendait-il compte ? Mystère. Allait-il agir en conséquence ? Enigme.

Elle le revit, en pensée, traverser l'immense pièce, relevant le menton, héroïque et séduisant dans le pourpre et le blanc de son uniforme. Comme il était au-dessus de toute cette bassesse et comme il les défiait. « Mon pauvre, mon impossible amour, se dit-elle au bord des larmes, que pourrai-je faire quand les vautours vont se jeter sur toi ? »

Annabelle brossa rapidement un inventaire. Malgré des apparences civilisées, normales, chaque personnage de cette soirée lui apparut sous un jour nouveau. Anthémios, Enver bay, Hasselguist, le comte et la comtesse Foscarini, Ruskin, valsèrent pendant un court instant dans une sorte de farandole grotesque. « Le bal de la haine », pensa-t-elle, angoissée.

Elle essaya de mettre un nom sur chaque visage. Anthémios ou la trahison, Enver bay ou la cruauté, Hasselguist ou la ruse, les Foscarini ou l'envie, Ruskin ou l'opportunité. Du côté des « alliés », ce n'était guère plus réjouissant. Lady Mary ? Une créature si frêle, si écervelée, pourrait-elle porter secours à Dorian ? Sûrement pas. Et le gouverneur, avec ses gros yeux bovins et ses maladresses diplomatiques, affublé de cette grande baudruche de colonelle, pourrait-il enrayer ce flot de haine ? Pas question ! Et Arsinoé Cantacuzène, l'heureuse élue ? Que cachait-elle sous son beau masque grec ? De l'amour ? De la passion ? De la haine, elle aussi ?

Elle entendit, de très loin, des pas s'approcher. Un martèlement rythmique de talons aiguille. Elle ouvrit les yeux.

— Cette petite s'est assoupie, dit Lady Mary, que faites-vous là Annabelle ?

— Je vous attendais, milady.

La salle de réception était vide, remplie d'un jeu d'ombres et de lumières fugaces. Une demi-douzaine de valets dont l'extravagante livrée verte, un peu débraillée, flottait sur leur gilet rouge et leur culotte en drap blanc, rangeaient le mobilier. Annabelle regarda sa compagne. Il lui sembla que la robe de Lady Mary était froissée et que sa broche en diamants n'était plus à sa première place.

— Milady ! s'écria-t-elle, où étiez-vous ? Il doit être affreusement tard.

Lady Mary eut un geste tragique.

— Mais où avais-je la tête ? Je pensais vous prévenir que j'allais m'attarder et je l'ai complètement oublié. Je suis impardonnable.

Annabelle se releva. L'air sentait un vague parfum d'iris. Lady Mary lui sourit affectueusement.

— Vous avez été très remarquée ce soir. Votre robe est ravissante. Vous devriez me recommander à votre tailleur parisien.

La jeune fille réprima un sourire. Si Lady Mary savait que le tailleur n'était autre que Clémentine et que ce modèle parisien avait été confectionné dans le rideau de la salle à manger ! Le souvenir de la brave servante tailladant dans ledit rideau à grands coups de ciseaux, ramena une expression de joie sur le visage boudeur d'Annabelle.

— Venez, dit Lady Mary, nous rentrons au château.

— Sans saluer le gouverneur et Mrs White ?

— Voulez-vous les réveiller pour les saluer ? Je vous assure, mieux vaut partir sur la pointe des pieds. Ne dit-on pas « filer à l'anglaise » ?

— Maintenant je saurai ce que c'est.

89

Réjouis, les valets regardèrent les deux silhouettes féminines se diriger vers la porte vitrée. Lady Mary tourna avec précaution la poignée en cuivre et les deux femmes disparurent dans le vestibule. Plus que cinq mètres à franchir. Enfin, elles se retrouvèrent sur la véranda. Les nègres à torchères, tous feux éteints, fantasmatiques et silencieux, étaient les seuls témoins de leur fuite. Un pas cadencé et sourd dans les feuillages attestait que la maison était gardée.

Un léger vent humide caressa les joues fiévreuses d'Annabelle. Des larmes brillaient dans ses yeux. Sans pouvoir l'analyser, elle se sentait honteuse. Devant la grille, un landau attendait, immobile, pareil à un accessoire d'opéra. Lady Mary marqua un temps d'arrêt.

— Annabelle, dit-elle en prenant la main de sa cousine, promettez-moi que vous n'en parlerez pas à mon frère.

Sa voix avait des inflexions enfantines.

— Je n'en parlerai pas. Pourvu qu'il ne s'inquiète pas de notre absence.

— Il ne risque pas. Ce soir, il ne dort pas à la maison.

Un pincement au cœur figea Annabelle au milieu du parc. Insouciante, sa compagne poursuivit :

— Tous les jeudis, il est hébergé chez le sieur Cantacuzène. C'est devenu un rite.

— Un rite bien agréable, j'imagine.

— Je l'espère pour lui, fit Lady Mary en riant.

Elles arrivèrent à proximité du landau. Le cocher sauta à terre pour leur ouvrir les portières. Le velours sombre du ciel s'éclaircissait, les dernières étoiles clignotaient, comme des flammes de bougies.

— Bientôt il fera jour, dit Annabelle, épouvantée par cette constatation.

— Oui, et chaque jour qui commence est une nouvelle aventure.

« Pas pour ceux qui ont perdu l'espérance », songea la jeune fille. Elle prit place dans le landau, près de Lady Mary, en se demandant par quelle sorte de courage elle arrivait encore à parler ou à répondre, à marcher, à vivre.

— Votre destin est là, au creux des lignes de votre main. Vous aimerez toujours l'insaisissable, avait dit Enver bay.

Ereintée, Annabelle concentra tous ses efforts sur un objectif unique. Se laisser emporter par ce landau dans la nuit pâlissante.

7

Apparemment, il n'y avait rien qui pût justifier la renommée des lieux. Rien qu'une étroite bande de sable blanc piqué de coquillages, une plage baignée par une eau turquoise, encerclée de mamelons de marne et de buissons épineux, dont les minuscules fleurs jaunes chamarraient la blancheur de l'argile. La baie de Vénus, allongée dans un creux, à l'abri des vents, entre l'antique Curion et Paphos, dormait de son sommeil millénaire sous la chaleur de juillet.

Toute la magie du lieu consistait en un subtil mariage des bleus, allant du bleu de Prusse à l'azur, et au jeu de la lumière sur la rocaille et l'eau.

L'après-midi était avancé. Un jour crépusculaire avivait certaines nuances. Il n'y avait rien d'autre. Le désert. Rien qu'un îlot posé au ras de l'onde, un bloc de roche noire que le couchant ensanglantait de ses feux.

Annabelle planta son ombrelle dans le sable fin et marcha jusqu'au bord de l'eau. Au contact de l'écume sous la plante de ses pieds nus un grand calme se glissa en elle. Elle fixa son regard sur l'horizon courbe, emplissant ses poumons d'un air frais et humide qui venait du large. Elle entendait toujours dans son dos l'inlassable gazouillis de Lady Mary et celui, plus mélodieux, plus soprano, de son petit page Jean.

Une agitation peu commune s'était emparée de l'enfant.

— C'est comme je vous le dis ! s'écria-t-il en gigotant dans un petit tas sablonneux, c'est exactement ici que Dhigénis a combattu la mort toute une journée durant.

Excédée, Lady Mary haussa les épaules.

— Mais qui peut bien apprendre des sottises pareilles à ce gamin ? Je me le demande. Yakoumis ? Nausika ?

Jean baissa les cils sur ses joues roses. Il aurait préféré mourir plutôt que de révéler son secret.

— Personne ne me l'a appris. Je le sais, voilà tout.

Lady Mary était en colère. Elle agrippa le col marin de l'enfant et se mit à le secouer.

— Ne me raconte pas de sornettes ! gronda-t-elle, et cesse de parler de combats et de morts, à ton âge ce n'est pas sain.

Le garçonnet se débattait en pleurant. Soudain, Lady Mary le relâcha et se renversa sur son coussin, secouée par un de ces accès de toux sèche qui la laissaient épuisée. Elle plaqua son éternel mouchoir contre sa bouche et resta inerte, agitée de temps à autre par un spasme nerveux.

— Milady ! Milady ! cria Jean.

Annabelle revint sur ses pas. Le bas de sa robe était mouillé et ses cheveux relâchés flottaient dans son dos, comme des fils d'argent.

— Voulez-vous rentrer ? demanda-t-elle.

— Non, non, dit Lady Mary d'une voix enrouée, cela passera, comme d'habitude. Mais ce garçon me tuera !

Jean éclata en sanglots.

— Allons ! fit Annabelle, conciliante, ne dites pas des choses si dures à cet enfant.

Lady Mary retira promptement le mouchoir de sa bouche et le dissimula sous la dentelle de sa manche. Il sembla à la jeune fille qu'il était coloré d'un rouge vif, puis, soulagée, elle remarqua que la nature entière était rouge, partout où le soleil allumait ses incendies. Elle souleva Jean dans ses bras. Il enfouit sa tête au creux de son cou.

— Ce ne sont pas des sornettes, glapit-il, c'est ainsi que ça s'est passé.

— Quoi donc ?

— La légende de Dhigénis. C'était un guerrier hors pair qui décimait les Turcs et les Sarrasins. D'ailleurs, l'empreinte de ses doigts reste encore aujourd'hui sur le Pentadaktylos, au milieu de la montagne.

— Légende égale mensonge ! ponctua Lady Mary.

Il n'eut pas l'air affecté.

— Légende ou mensonge, c'est vrai ! affirma-t-il.

Les deux jeunes femmes échangèrent un regard rieur. Puis, Annabelle déposa le petit page à terre.

— Oh ! gardez-moi encore un peu dans vos bras.

— C'est que tu es lourd, sourit-elle, tu as drôlement grandi.

Il sauta de joie.

— Alors, bientôt je pourrai vous épouser !

— Certainement. Mais raconte-moi plutôt ton histoire.

Il se rembrunit.

— Lady Mary ne me laissera pas.

Lady Mary leva les yeux au ciel.

— Raconte-la, va ! Tu en meurs d'envie. Mais essaie au moins de discerner le vrai du faux.

— Vrai ou faux, c'est vrai ! Voilà. Après avoir vaincu tous ses ennemis, Dhigénis est devenu un grand héros. La mort en fut jalouse et, armée de sa faux, elle le provoqua en duel. Il accepta et leur combat a duré toute une journée.

— Et alors ?

— Alors quoi ? Voyez-vous ce grand rocher dans l'eau ? C'est lui qui l'a jeté, de rage.

— Et puis ?

Jean regarda Annabelle, agacé.

— Vraiment, vous autres étrangers ne comprenez pas à demi-mot. Puis quoi ! Peut-on vaincre la mort ?

— Euh... non.

— Eh bien, voilà. C'est la mort qui a vaincu. A la tombée de la nuit. Comme maintenant.

Un silence s'ensuivit, peuplé par le roulement des vagues. Annabelle se laissa tomber sur le sable, rêveuse. Chaque mot de l'enfant l'avait pénétrée.

— Elle est très belle, ton histoire, dit-elle.

Le vent ébouriffait les boucles noires de Jean. Il se leva d'un bond et courut dans les bras de Lady Mary. Dans la clarté rouge, ils restèrent enlacés, en riant.

— Maintenant que vous n'êtes plus fâchée, je peux vous dire qui me l'a racontée. Ce sont mes parents paysans. Tous les soirs, comme on ne mangeait pas à notre faim, le vieux me racontait une histoire pour m'endormir.

Annabelle, les mains derrière la nuque, regardait le ciel qu'un intense rougeoiement avait envahi. Son apaisement avait cédé le pas à l'inquiétude. Dans son esprit, un autre visage se superposait à celui du titan de la légende. Dhigénis et Dorian ne faisaient qu'un. Même entêtement et même courage. « La mort en fut jalouse »... Annabelle tressaillit. La légende était formelle, personne ne peut vaincre la mort.

— Je sens que j'aime de plus en plus ce pays, monologua-t-elle.

— Méfiez-vous, répondit Lady Mary, il ne se laisse pas aimer facilement.

— J'insisterai.

Lady Mary se redressa, le front plissé.

— Annabelle, je songe sérieusement à retourner en Angleterre. Le climat de Chypre ne me convient pas. Et puis, j'ai peur !

— Mais de quoi ?

— De tout et de rien. J'ai peur pour moi, pour Dorian... j'exagère, peut-être.

— Monsieur le duc est souffrant ?

— Depuis quelque temps, mon frère n'est plus le même. Je ne le reconnais plus.

Le cœur d'Annabelle cessa de battre. Depuis la fameuse soirée chez le gouverneur, elle n'avait pas revu Dorian.

— Que se passe-t-il ? demanda-t-elle.

— Et comment voulez-vous que je le sache ? Il a changé, c'est tout. Il est devenu bizarre, bourru, c'est à peine s'il desserre les mâchoires.

— Peut-être a-t-il des soucis ?

Lady Mary soupira.

— Oui, mais lesquels ? Tout le problème est là. Côté Arsinoé...

Elle s'interrompit brusquement.

— Va jouer, dit-elle à Jean.

Le garçonnet obéit en maugréant. Il partit en direction de la mer, enfonçant ses pas dans la viscosité du sol. Annabelle était dévorée par la curiosité. Lady Mary la regarda.

— Qu'est-ce que je vous disais, déjà ?

Annabelle se releva sur les coudes, avec une angoisse grandissante.

— Vous parliez d'Arsinoé.

— Ah oui ! C'est encore un mystère. J'en arrive à me demander si ce mariage doit se faire.

Elle se tut à nouveau pour arranger machinalement les draperies de sa robe en tarlatane dont le beige avait viré à l'orangé sous les rayons obliques. Annabelle retenait son souffle, de peur que sa compagne ne se rendît compte des battements désordonnés de son cœur. Lady Mary reprit dans un bâillement :

— Dieu que je suis fatiguée !

Annabelle n'y tint plus.

— Milady, supplia-t-elle, vous parliez de ce mariage.

L'autre porta une main à son front.

— C'est exact. Je me demande si Arsinoé est amoureuse de Dorian.

— Sinon, pourquoi l'épouserait-elle ?

Lady Mary lui jeta un regard sévère.

— Pourquoi épouse-t-on un Clayton ?

— Mais je... Je ne sais pas !

— Pour son titre, voyons, pour sa fortune. Pour tout ce qu'un tel mariage peut représenter pour une bourgeoise comme mademoiselle Cantacuzène.

Annabelle écarquilla les yeux.

— Je croyais que ce mariage était décidé depuis longtemps.

— Depuis trop longtemps, justement ! C'est Cantacuzène qui a tout manigancé avec l'archimandrite et le gouverneur.

Assise sur son séant, les genoux à la hauteur de son menton, Annabelle regardait la mer. L'immensité liquide adoucissait ses chagrins. La jeune fille tâchait de toutes ses forces de réprimer une folle espérance qui s'était mise à lui trotter dans la tête. « Un mariage de raison n'est pas un mariage d'amour. » Mais pouvait-on « arranger » un mariage pour quelqu'un comme Dorian Wilde ? Ne craignait-on pas ses réactions ? Le duc n'était pas homme à se laisser mener, fût-ce par le gouverneur. S'il avait accepté d'épouser mademoiselle Cantacuzène et même d'avancer la date de son mariage, c'est qu'il en était amoureux. Arsinoé était jeune, belle, intelligente, possédait tout le mystère des femmes orientales. Pourquoi ne l'aimerait-il pas ? Elle répondit, sans cesser de fixer la mer :

— Sa Grâce aime mademoiselle Cantacuzène. Ne l'a-t-il pas dit lui-même, le soir où nous avons dîné au château ?

Elle se souvenait encore de chaque parole, désormais gravée dans sa mémoire : « C'est aussi épouser la femme que j'aime. »

Lady Mary hocha la tête.

— Dorian est trop honnête, trop absolu pour épouser une femme par simple intérêt. Mais que pensez-vous d'elle ?

— Je pense qu'il est impossible de ne pas aimer le duc de Clayton, affirma Annabelle avec tristesse.

Lady Mary jeta un coup d'œil à sa cousine. Assise comme elle l'était, en face de l'eau, la jeune fille lui tournait le dos. La lumière déclinait rapidement. Quelques reflets mauves s'accrochaient à ses cheveux. Elle avait un aspect fragile et son dos, qu'elle gardait légèrement voûté, trahissait une sorte de désespoir qui ne manqua pas de frapper Lady Mary.

— Annabelle, vous êtes malheureuse, n'est-ce pas ? dit-elle.

Le dos de la jeune fille se raidit. Sa voix se fit entendre, claire, un peu chevrotante.

— Oui, milady.

— Est-ce à cause de Dorian ?

Il y eut un silence lourd. La brise faisait voler les boucles d'Annabelle, séchant ses larmes avant même qu'elles ne coulent sur ses joues. Enfin, de cette même petite voix torturée elle déclara :

— Non, milady !

Lady Mary sourit. Pour être écervelée, elle n'en possédait pas moins une solide intuition féminine et un bon sens typiquement britannique. En un éclair, certains événements lui revinrent en mémoire, comme les pièces d'un puzzle qui s'assemblent lentement. Pendant un moment, elle avait cru que l'attitude renfermée de son frère la concernait, elle, particulièrement à cause de la vie libre qu'elle menait.

Elle lui avait franchement posé la question.

— Je te prie, Dorian, de me dire la vérité !

Ils ne se vouvoyaient qu'en public. Dorian n'avait pas répondu. Il était en train d'examiner le sabot d'Assour, son cheval favori. Une longue épine s'était enfoncée au milieu de la sole.

— Je te parle, Dorian !

Il avait relevé la tête, furieux.

— Je suis occupé, Mary.

— Cela peut attendre. Je m'inquiète pour toi. Ton comportement est devenu incompréhensible. Pourquoi fais-tu la tête à tout le monde ?

— C'est mon problème !

Il avait reposé délicatement la patte blessée d'Assour et s'avançait vers la véranda où sa sœur se tenait.

— Tu es bien matinale ! bougonna-t-il.

Lady Mary s'appuya à la balustrade. Il était à peine huit heures du matin et, déjà, le soleil dardait ses rayons implacables. Derrière la palmeraie, la saline brillait comme une plaine d'acier. Lady Mary s'arma de courage :

— Je présume que tu refuses de m'expliquer ton problème.

— Oui, parfaitement.

— Donc, j'en suis la cause !

Il leva un sourcil, étonné.

— Aurais-tu des remords ?

Lady Mary baissa les yeux. L'inquiétude et l'insomnie avaient bleui ses cernes. D'une voix molle, elle murmura :

— L'autre jour, tu t'es mis en colère avec moi, à

cause de Yakoumis. Tu avais sans doute raison. J'ai réfléchi depuis.

A l'idée que sa « petite Mary » pouvait se mettre à réfléchir, Dorian refoula un élan de tendresse. Amusé, il demanda :

— Et quelles ont été tes conclusions ?

— J'ai pensé que ma vie dissolue nuisait à ton avancement. Je suis une divorcée, j'ai des amants, je…

Sa voix enfantine se fêla. Dorian passa par-dessus la rambarde et la prit dans ses bras.

— Regarde-moi, Mary. Ta vie ne regarde que toi et personne, m'entends-tu ? personne n'a le droit de juger une Clayton.

Lady Mary secoua la tête d'un air grave.

— Les temps ont changé, Dorian. Tu vas te marier, construire une famille à toi. Tu ne peux plus me garder avec toi. Ta femme ne le voudra pas et elle aura raison.

Il protesta avec véhémence :

— Non, Mary ! Tu es ma sœur et celle qui m'épousera devra s'y faire ou s'en aller. Tu es ici chez toi, il n'est pas question que tu partes !

Etendue tranquillement sous son ombrelle, Lady Mary se remémorait la scène. Non, la cause du problème était ailleurs.

A nouveau, elle se laissa bercer par le ronronnement de ses hypothèses. Le lendemain même, elle s'était mise à investiguer dans l'âme d'Arsinoé. Elle n'y avait trouvé qu'un mutisme obstiné dissimulé sous une épaisse couche de vernis social. Mademoiselle Cantacuzène s'était montrée fort aimable mais d'une discrétion à toute épreuve en ce qui concernait ses sentiments à l'égard de Dorian. Oui, tout allait bien avec son fiancé. Non, Lady Mary n'avait aucun souci à se faire. Non, elle n'avait remarqué aucun changement dans le comportement du jeune homme.

Lady Mary était perplexe. Il y avait, dans les propos

d'Arsinoé, quelque chose qui ne collait pas. Une intonation détachée, un rien d'indifférence. Ses explications brumeuses détonnaient avec son tempérament fougueux.

Toute réflexion faite, Lady Mary avait mis tout cela sur le compte de la pudeur. « Les futures mariées ont des scrupules à parler de ce genre de choses. Et puis sait-on jamais, avec ces orientales ? »

« Et maintenant ? » se dit-elle. Ce fut comme un voile qui se déchirait. « Je pense qu'il est impossible de ne pas aimer le duc de Clayton » avait dit Annabelle.

Elle regarda la jeune fille. Elle n'avait pas bougé. Assise toujours face à la mer, Annabelle semblait absorbée par ses pensées. Une mouette traversa le ciel, plongea à pic dans un tourbillon d'écume. Emergeant plus loin, elle s'envola à la vitesse de l'éclair, emportant dans son bec recourbé un minuscule poisson nacré. Lady Mary réalisa que la mauvaise humeur de son frère coïncidait avec l'arrivée d'Annabelle à Chypre.

Soudain, une voix pleine de gaieté la tira de ses raisonnements :

— Mademoiselle ! Milady ! Regardez !

Jean revenait vers elles en courant, heureux et couvert de boue. Ses boucles collées à son front dégoulinaient d'eau salée. De son col marin il ne restait plus qu'un affreux lambeau verdâtre et son tablier bleu qu'il relevait par-dessus ses genoux écorchés regorgeait de palourdes et d'oursins. Il arriva en trombe et déversa ses trésors dans les jupons plissés de sa protectrice. Lady Mary poussa un hurlement :

— Seigneur Dieu, quelle horreur ! Annabelle, aidez-moi à me défaire de ces bestioles !

Annabelle accourut en riant et tous les trois s'évertuèrent à ranger cette pêche miraculeuse dans un panier en osier tressé.

Le soleil empourpré s'enfonçait dans la mer, lançant

ses dernières lueurs. L'immensité liquide avait pris une teinte ivoirine. A l'est, le disque brillant d'une pleine lune gigantesque apparut. Les deux jeunes femmes ramassèrent leurs affaires. L'air iodé avait ramené des couleurs sur les joues blanches de Lady Mary. Elle donna le signal du départ d'une voix enjouée.

— Allez ! Tout le monde remonte la pente ! On va rentrer.

Le petit groupe se mit à remonter un sentier cahoteux tout en méandres. A mi-chemin, ils aperçurent la capote rabattue du carrosse ducal et le haut-de-forme du cocher. C'est alors que l'incident se produisit.

— Par ici, belles dames !

La voix était caverneuse et s'exprimait dans un anglais relatif. Elle provenait d'une margelle de marbre dépoli dominant un détour du chemin. Annabelle vit avec étonnement une toute jeune fille escortée d'une chèvre noire et barbue attachée avec une corde.

— Qui veut connaître son avenir ? dit la fillette, en sautant sur le sol sablonneux en entraînant sa bête.

— Non merci, dit Lady Mary.

L'autre s'approcha. C'était une créature hâve et décharnée vêtue d'une chemise élimée et flottante.

— Un sou pour te dire la bonne aventure, psalmodia-t-elle, avec l'audace des enfants pauvres.

Ses épaules pointues trouaient son vêtement et ses bras ressemblaient à deux anses en terre cuite.

— Un sou ! répéta-t-elle.

— J'ai déjà dit non, dit Lady Mary.

La fillette ne broncha pas. Elle la dévisagea d'un œil terne et hardi, puis elle lança :

— Tu es jeune, belle et riche et déjà la mort te guette !

Effarée, la jeune femme se tourna vers Annabelle.

— Donnez-lui de l'argent et qu'elle disparaisse.

La jeune fille s'exécuta. Une petite main simiesque se referma avidement sur deux shillings. Annabelle l'observa avec pitié. « C'est encore une enfant et déjà son regard est celui d'une vieille femme corrompue », pensa-t-elle. Le visage de la petite s'éclaira d'un sourire mauvais. Elle pointa un doigt sur la jeune fille.

— Toi, tu vas souffrir ! annonça-t-elle.

— Assez ! hurla Lady Mary, au bord de l'hystérie.

Son cri se répercuta sur les rochers, réveillant en sursaut le cocher. Il bondit en avant, à l'aveuglette, et commença à dévaler la pente, en gesticulant.

— Ante ! Oust !

La fillette s'enfuit à toutes jambes, en tirant comme une forcenée sur la corde de sa chèvre. Pendant un moment, on n'entendit plus que le grelot de l'animal tinter à toute volée.

Une sueur d'effroi perlait sur le front de Lady Mary.

— Avez-vous entendu ? hoqueta-t-elle, quelle haine, quelle méchanceté !

Le cocher s'empara des sacs, des ombrelles et du panier tressé. Il se mit à rire.

— N'ayez pas peur madame, je la connais. C'est Clotho, la fille aînée d'une prostituée.

— Mais que lui ai-je fait ?

— Vous ? Rien, madame. Elle en veut à tout le monde. La pauvre gosse a grandi toute seule, pour ainsi dire. C'est une sauvageonne. Au fond, elle ne ferait pas de mal à une mouche.

— Pourquoi joue-t-elle aux sorcières ?

Le brave homme haussa les épaules.

— Parce qu'elle est futée. Elle a compris qu'en prédisant des catastrophes, elle va se faire payer, rien que pour les arrêter, justement. Elle tente le coup avec les étrangers. Les gens d'ici l'enverraient paître. Mais elle n'est pas plus sorcière que moi !

— Oui, ce n'est pas bête, dit Annabelle songeuse.

Malgré tout, elle en était bouleversée. L'oracle néfaste proféré par cette pauvresse, au milieu de ce paysage désertique, prenait des dimensions aberrantes. Elle s'aperçut que Lady Mary chancelait et résolut de feindre l'allégresse. Prenant Jean par la main, elle déclara :

— Tout cela est très beau mais je meurs de faim. Et sais-tu ? J'adore les oursins.

— Moi je trouve qu'ils ont un goût d'œuf mollet, répondit-il ; les Chypriotes n'en mangent jamais.

— Tant mieux, nous en aurons pour nous tout seuls.

Pendant tout le trajet du retour, Lady Mary garda le silence. Jean s'était assoupi. Dehors, la lune argentait les vergers.

Ils traversèrent à toute allure Limassol, petite citée plongée dans les ténèbres. Les quelques rares passants qu'ils croisèrent portaient une lanterne à la hauteur de leur visage. Ainsi éclairés, ils ressemblaient à des âmes errantes.

Ils dépassèrent deux rangées de maisonnettes aux toits de chaume, puis ce fut à nouveau la campagne.

Enfin, au bout d'un voyage qui sembla interminable à Annabelle, le carrosse, tiré par quatre coursiers fumants, entra dans Larnaca et se mit à rouler dans une rue pavée, bordée de réverbères à gaz, pompeusement baptisée Victoria Street.

Annabelle pensa à Clotho, à son étrange figure : une lune pâle aux traits si fins qu'ils étaient presque inexistants. « Mon Dieu, faites qu'elle se soit trompée », se dit-elle, en frissonnant.

8

Un léger vent tiède faisait flotter la moustiquaire. Un rai de lune fusait des volets mi-clos dessinant un rectangle blanc sur le plancher. Annabelle s'assit dans son lit, angoissée. Ces derniers jours, tout son univers s'était réduit à une seule image : deux yeux, noirs comme l'obsidienne, et qui la narguaient. « Dorian ! Pourquoi me fuyez-vous ainsi ? »

Cela faisait six jours qu'elle ne l'avait revu. Depuis cette réception qu'Annabelle avait baptisée « le bal de la haine », le duc de Clayton désertait le château, élisant domicile dans un pavillon de chasse situé à l'autre bout de la saline.

— Je désire m'isoler ! avait-il répondu aux questions de Lady Mary.

Il était sorti de la salle de séjour, en claquant la porte, sans un regard pour Annabelle. Les deux femmes s'étaient regardées, ébaubies. Puis, Lady Mary s'était ressaisie.

— Ne vous inquiétez pas, ma chère cousine, les hommes sont des animaux capricieux. Même à trente-trois ans, lorsqu'ils ont un âge qu'il est convenu d'appeler « de raison ». Allons, reprenons notre lecture.

L'allégresse de Lady Mary semblait fausse aux yeux

d'Annabelle. Elle se tourna et se retourna dans son lit, énervée. « Cela ne peut plus durer, se dit-elle, c'est moi qui lui porte ombrage. Je préférerais entendre de sa bouche que je suis indésirable dans sa maison. » Elle se voyait déjà pliant bagages et embarquant dare-dare dans le premier vapeur à destination de l'Occident. « J'ai perdu. Cela m'apprendra à prendre mes désirs pour des réalités. »

Un amer sourire lui effleura les lèvres. « Suis-je bête et si terriblement romantique, pour avoir espéré qu'il tomberait amoureux de moi, rien qu'à ma vue, sous prétexte qu'il y a dix ans, à Arromanches... » ; brusquement, elle se rendit compte qu'elle avait grandi dans cette attente, échafaudant des projets insensés, rêvant d'un amour romanesque qui n'avait existé que dans son âme de petite fille. La réalité était là, inadmissible mais réelle : le duc de Clayton n'avait gardé aucun souvenir de la petite fille qu'il avait pris sur son cheval. Pire ! Bientôt, il allait se marier. Triste bilan.

Annabelle rejeta les draps de lin et releva la moustiquaire. Elle étouffait. Sa chambre lui parut exiguë, comme si les cloisons se refermaient sur elle. Même les objets semblaient hostiles, animés d'intentions maléfiques. Elle regarda de travers une lampe en opaline qui avait l'air de la narguer, courut à la fenêtre et ouvrit les volets. Cramponnée au parapet, elle respira méthodiquement l'air sucré de l'été, alourdi par les effluves d'un jasmin grimpant.

Elle contempla le spectacle fantasmagorique de la saline. La pleine lune l'avait transformée en écran luminescent sur lequel se découpait le bleu foncé des arbres. Annabelle soupira. L'idée de conquérir Dorian avait fait place à un total abattement. « Il faut choisir, se dit-elle, soit rester ici, dans mon rôle de dame de compagnie, en coulisses, soit partir. »

Annabelle était trop orgueilleuse pour accepter de rester en marge d'un bonheur qui la blessait. Elle partirait la tête haute, allant cacher son désespoir chez les sœurs franciscaines, près de Port-Royal. Mais avant, elle exigerait une explication franche et définitive avec le duc de Clayton.

Sa décision prise, elle en fut presque soulagée. Elle s'apprêtait à refermer les jalousies, lorsqu'elle entendit des pas dans le jardin. Intriguée, elle se pencha à la fenêtre.

Un homme déboucha de l'ombre et pendant quelques secondes il marcha dans la clarté lunaire. Elle eut tout juste le temps de noter sa haute stature et son vêtement de paysan ; sa tête léonine était enserrée dans un bandeau.

L'instant suivant, il fut à nouveau englouti par l'obscurité. Il n'y eut plus que le bruit de ses pas assourdis par le gazon. Annabelle se coula contre son mur, le cœur battant. La silhouette de l'étranger, l'obscure puissance qui émanait de ses épaules, sa démarche nerveuse, ne lui étaient pas totalement inconnues.

Certitude fugitive ou illusion ? Elle n'eut pas le loisir d'analyser ce sentiment. Un fanal apparut en bas, jouxtant la muraille, simple tache claire dans la pénombre. La silhouette frêle de Nausika se détacha du mur. Elle s'avança de quelques pas en appelant à voix basse un nom qu'Annabelle ne comprit pas. A nouveau, l'étranger sortit de l'ombre. Un court dialogue s'engagea entre eux. Une porte latérale s'entrouvrit, laissant passer un rayon de lumière et la voix de Yakoumis prononça quelques mots d'un ton impatient. Nausika et le visiteur nocturne se glissèrent à l'intérieur. La porte se referma sur eux.

Pensive, Annabelle ferma les volets. D'une main tremblante, elle remonta la mèche de la lampe en opaline. Elle eut toutes le peines du monde pour l'allumer et replacer le globe. La douce clarté répartie sur tous les objets familiers de sa chambre chassa pendant un moment ses idées noires. Elle retourna à son lit, tout en essayant de faire le point de la situation.

Un étranger s'était introduit dans le château. Pendant un bref instant, elle avait cru que Nausika recevait un amoureux. Or, la présence du maître d'hôtel démentait cette hypothèse. Une indicible peur s'empara de la jeune fille. Quelque chose se tramait au rez-de-chaussée. Mais quoi ? Pourquoi, en l'absence de leur maître, les domestiques se livraient-ils à ces étranges manigances ? Qui recevaient-ils ? Un fuyard ? Un voleur ? Un assassin, peut-être !

Annabelle bondit comme une gazelle.

— Il faut que je prévienne Lady Mary.

Sans réfléchir davantage, elle se rua sur la porte, tournant la poignée de porcelaine de toutes ses forces. Le panneau en bois de chêne s'ouvrit sur un homme de haute taille, très élégant dans son smoking blanc. Elle recula vivement, en poussant un cri de frayeur. L'homme s'avança dans la pièce, refermant la porte dans son dos. Annabelle écarquilla les yeux.

— Eh bien, chère cousine, dit Dorian Wilde en souriant, vous ne dormez pas ? Que faites-vous debout, à cette heure de la nuit ?

Sans vergogne, son regard glissa sur elle.

— Et où alliez-vous dans une tenue si légère ?

Elle se rendit compte que sa chemise de nuit transparente couvrait à peine sa nudité. A force de reculer, elle heurta la psyché.

— Mais vous ! bredouilla-t-elle, que faisiez-vous devant ma porte ?

Son sourire narquois s'accentua.

— N'allez pas imaginer que je vous espionnais. Je passais dans le couloir pour gagner ma chambre et j'ai vu la lumière sous votre porte. C'est alors que vous vous êtes précipitée dehors. Que se passe-t-il ? Vous attendiez quelqu'un ?

— Je croyais que vous ne dormiez plus au château. Ironique, il leva un sourcil.

— Ma chère cousine, vous avez pris la néfaste habitude de répondre par des questions. J'ai le droit de circuler chez moi, que je sache. Pour votre gouverne, précisons tout de suite que c'est moi qui interroge ici.

Annabelle s'effondra sur un des fauteuils cannés. Elle était loin de se rendre compte de l'impression que sa beauté pouvait produire sur un homme. Elle resta là, pieds nus, sa luxuriante chevelure blonde éparpillée sur ses épaules et dans son dos. Dorian Wilde contempla ce visage céleste aux lèvres enfantines et aux yeux tendres. Il vit, en transparence, les rondeurs des seins palpitants et la tendre courbe d'une hanche. Il détacha son regard d'elle, comme à regret, et fit un effort surhumain pour se ressaisir.

— J'ai l'impression que votre vie nocturne est terriblement agitée, se moqua-t-il d'une voix enrouée, les sœurs franciscaines ont manqué à tous leurs devoirs.

Annabelle baissa la tête. « Dorian, je vais partir parce que je vous aime et vous ne m'aimez pas et vous... » Le duc de Clayton manifestait des signes d'impatience.

— Vous ne voulez pas parler, c'est votre droit. Après tout, cela ne concerne que vous, dit-il sèchement.

— Votre Grâce, un étranger est entré ce soir au château.

— Comment cela ? coupa-t-il.

Elle le mit au courant de ce qui venait de se passer. Il l'écouta attentivement et la pâleur de son visage attesta sa colère. Sa tristesse aussi. Un pesant silence suivit les dernières paroles. Dorian se mit à réfléchir. Enfin, il la fixa d'un air suppliant. Son ironie habituelle avait disparu.

— Annabelle, puis-je vous faire confiance ?

— Oui, Votre Grâce.

— Alors écoutez-moi et ne me posez aucune question.

Il s'agenouilla devant elle et lui prit les mains. A son contact, elle frémit. Toute son énergie fut absorbée par ces immenses yeux magnétiques. Il parla, enfin :

— Oubliez ce que vous avez vu ce soir. N'en parlez à personne.

— Oui, Votre Grâce.

En présence de cet homme, sa volonté fondait comme de la cire dans un brasier.

— Ni aux domestiques, ni à Lady Mary, reprit-il, c'est entendu ?

— Entendu.

— Même si quelqu'un vous interroge à ce sujet, vous ne savez rien.

— Je n'ai rien vu, rien entendu.

— Annabelle, me faites-vous confiance ?

— Oui, milord.

Fascinée par la proximité troublante de Dorian, elle ferma les yeux. Elle ne réagit que lorsque son souffle lui caressa le cou et lorsqu'elle sentit qu'il l'enlaçait étroitement par la taille, elle se laissa attirer vers lui, comme une poupée de chiffon.

— Ma douce petite fille, murmura-t-il, haletant.

Il la serra très fort contre lui. Elle sentit battre son cœur contre le sien, à la même folle cadence. La main de Dorian lui effleura le dos et la nuque, puis, se plongea, fébrile, dans la lourde masse de ses cheveux. Avec un incommensurable bonheur, elle sentit les lèvres de Dorian chercher les siennes. Ils échangèrent un long baiser qui les laissa pantelants. Une affolante chaleur se mit à couler dans les veines d'Annabelle et tout son être se tendit passionnément vers celui qu'elle adorait. Toutes ses sages résolutions furent balayées par un deuxième baiser, plus savoureux encore que le premier, où il sembla à la jeune fille que leurs âmes s'unissaient. Une certaine caresse, inconnue d'elle, la fit sursauter.

— Non, Dorian, je ne veux pas.

— Je vous en supplie, Annabelle.

— Non !

Il relâcha son étreinte. Son visage tout près du sien, transformé par le désir, lui fit peur. Elle se détourna de lui, égarée et honteuse. Il la repoussa d'un geste brutal.

— Ces jeux de collégiens ne sont plus de mon âge, assena-t-il.

— Taisez-vous, dit-elle doucement.

— Vous vous doutez, tout de même, que j'attends autre chose d'une femme. Vous me plaisez infiniment et vous le savez.

— Mais moi...

— Non, coupa-t-il, je connais la chanson ! Annabelle, je vous en veux terriblement.

— Oubliez-vous, milord, que vous avez une fiancée qui sera bientôt votre femme ?

Il n'eut pas l'air de saisir ce que ces mots signifiaient pour elle. Il réagit aussitôt :

— Laissez mademoiselle Cantacuzène en dehors de tout cela. C'est elle que j'épouserai, vous le savez également.

Elle le regarda, les yeux brillants.

— Vous l'aimez ?

Il hésita pendant une fraction de seconde. Puis, le verdict tomba, implacable.

— Oui, je l'aime.

— Et moi ?

— Vous ? dit-il avec arrogance, l'idée de faire de

vous ma maîtresse ne me déplairait pas. Ne me dites pas que vous n'y avez pas songé vous-même.

Elle encaissa le choc, chancelante.

— C'est donc tout ce que je mérite ? balbutia-t-elle, enfouissant son visage dans ses mains, non, Votre Grâce, vous avez fait fausse route. Je...

Il l'interrompit, sarcastique.

— Oui, je sais, « je ne suis pas celle que vous croyez », j'en ai entendu d'autres. D'habitude, la dame change d'avis avec une admirable inconstance.

La jeune fille se redressa, furieuse.

— Monsieur, dit-elle d'une voix à peine audible, moi aussi je vous en veux. Vous avez tué ce soir tout l'amour que j'éprouvais pour vous.

Il ricana.

— L'amour ? Un bien grand mot. Vous me connaissez à peine.

— Dix ans ! explosa-t-elle, je vous ai aimé il y a dix ans.

Il eut l'air ébranlé.

— Vous n'aviez, alors, que huit ans, Annabelle.

— Je sais compter ! Mais on peut aimer à huit ans, d'un amour pur et total. Je me suis trompée. C'est lamentable. Je rêvassais bêtement, me souvenant d'un grand seigneur sur son cheval. Je me suis retrouvée avec un palefrenier.

Dorian Wilde serra les poings. Comme elle était fière et désirable, plantée devant lui, le menton haut. Il fit un effort sur lui-même pour ne pas la reprendre dans ses bras. Il ne savait plus s'il voulait la gifler pour ce qu'elle avait osé lui dire, ou l'étouffer de ses baisers. Il réussit à la dévisager froidement.

— Mais je peux vous rendre la pareille, ma belle ! siffla-t-il, je me souvenais d'une petite fille bien élevée et je me suis retrouvé avec une dame de compagnie dévêtue, dans sa chambre.

Elle courut à la porte et l'ouvrit en grand.

— Sortez! intima-t-elle.

Il émit un sifflement moqueur.

— J'espère que mon ami Hasselguist aura plus de chance que moi, ou peut-être même ce Raspoutine local d'Anthémios, ou encore le bouillant Enver bay, qui sait?

— Sortez! cria Annabelle.

Il la mitrailla d'un regard meurtrier. « Cette sotte se refuse, croyant sans doute qu'elle peut se faire épouser. Pourtant, elle sait bien que ce n'est pas possible. » Il s'inclina légèrement, fit une fausse sortie, revint sur ses pas.

— Demain le gouverneur présidera un derby à l'hippodrome de Nicosie. J'espère que vous serez des nôtres. Tous vos amis seront présents.

— Je n'y serai pas.

Il lui sourit.

— Soyez à la tribune d'honneur, Annabelle. Je comprendrai, alors, que vous m'avez pardonné.

Il était irrésistible quand il souriait. Il pivota sur ses talons et s'éloigna rapidement, sans lui laisser le temps de répondre. Elle poussa la porte.

— Lâche! Traître! Mufle! Goujat!

Elle se jeta en travers de son lit en se mordant les mains.

— Je n'irai pas! Je n'irai pas!

Elle ne pleurait pas. Il lui sembla qu'elle n'allait plus jamais pleurer pour quelqu'un d'aussi méprisable que Dorian Wilde, que plus jamais elle ne souffrirait pour un amour de pacotille.

— Je n'irai pas!

Le visage de Clotho, la fausse sorcière, lui revint en mémoire. Elle la revit pointer sur elle son doigt rabougri.

— Toi, tu vas souffrir, avait-elle dit.

— Non, je n'irai pas, je refuse de souffrir ! dit-elle, rageusement.

Au même moment, elle réalisa qu'en n'y allant pas, elle n'en souffrirait que davantage. En restant seule au château, elle donnerait libre cours à son imagination. Imaginer Arsinoé Cantacuzène pendue au bras du duc de Clayton l'insupportait plus que si elle la voyait. « Comment faire ? s'interrogea-t-elle, anxieuse, peut-on aimer et haïr en même temps, fuir et adorer quelqu'un, le chérir et le mépriser ? »

Les yeux fixés sur le plafond, Annabelle mesura l'extrême complexité de l'amour. A peine on a décidé de quitter quelqu'un et on meurt d'envie de le revoir. Et Dorian, lui-même, finalement, ne se pliait-il pas à cette règle cruelle ? Désemparée, elle murmura :

— J'irai...

Une foule d'idées fourmillait dans sa tête. L'étrange visiteur, les domestiques, sa promesse de garder le silence sur cet incident et... par-dessus tout, cette exquise étreinte, qui l'avait plongée dans un bonheur fallacieux. Elle passa sa langue entre ses lèvres. Le goût âpre et doux de la bouche de Dorian y restait encore.

— Demain, je me trouverai sur la tribune, mon amour... chuchota-t-elle, en souriant amèrement.

9

Annabelle entra dans l'enceinte de l'hippodrome, emboîtant le pas à Lady Mary. Un fort *khamsin* leur coupa le souffle. Comme d'habitude, les deux jeunes femmes arrivaient en retard, Lady Mary ayant essayé plusieurs fois toutes ses robes d'après-midi.

Une pancarte cartonnée, que le vent faisait tournoyer comme une girouette, annonçait en grec et en anglais que la première course était déjà terminée.

L'hippodrome était minuscule. Une simple arène en terre battue, perdue au pied des montagnes bleues de Pentadaktylos, bordée d'oliveraies et de champs de blés fauchés.

— Annabelle ! Dépêchons-nous ! dit Lady Mary.

Annabelle suivit sa compagne, sans entrain. Celle-ci, relevant le bas de sa robe à ruches, entièrement enveloppée dans une vaporeuse gaze verte fixée à son chapeau, trottinait courageusement, contre le vent, vers la tribune d'honneur.

La première impression perçue par Annabelle, alors qu'elle traversait la piste lézardée, était la présence de Dorian. Elle ne le voyait nulle part et cependant, elle le sentait à proximité. Le duc était omniprésent dans son esprit.

Elle releva sa voilette à résilles et scruta les gradins

117

polychromes où une houle de chapeaux, d'ombrelles et de canotiers se balançait dans tous les sens. Il n'y était pas. Son regard se porta au centre des gradins, à la fameuse tribune d'honneur, séparée du reste par des cordages de couleur. Elle était reconnaissable de loin, à sa toiture de zinc où trois drapeau poussiéreux, grec, anglais et turc, achevaient de s'effilocher. Une bande-role multicolore déployée sur le balcon en bois peint annonçait le « Premier derby de Nicosie, organisé à l'occasion de la première course de chevaux à Epson, cent ans plus tôt ».

— La fine fleur de la société est là, dit quelqu'un.

Annabelle sourit avec amusement. En effet, juste au-dessus de la lettre « N » de Nicosie, trônait l'archiman-drite. Immobile, hiératique, il ressemblait à une grande poupée de cire. Mais son œil roulait, scrutait, fouillait inlassablement la foule qui noircissait le ter-rain vague en face de la tribune.

Prise dans le brûlant tourbillon du vent, Lady Mary parvint enfin à sa place. On l'accueillit par de joyeuses salutations.

— Quelle chaleur ! gémit-elle, en plus, j'ai perdu Annabelle en cours de route.

— Elle retrouvera le bon chemin, n'ayez crainte, riposta Arsinoé.

Chaque geste qu'elle accomplissait déclenchait le tintement aigrelet de ses bracelets.

— Notre brebis doit errer dans le troupeau, ricana Anthémios.

— Quel courage de se mêler ainsi aux paysans ! renchérit la comtesse Foscarini, installée à sa droite.

Tout en parlant, elle se poudrait le nez, en se regardant dans un minuscule poudrier d'or mat. Sa robe en mousseline blanche brochée de soies colorées lui donnait l'air d'une colombe perchée près d'un corbeau.

118

— Faites confiance à Monseigneur, ajouta-t-elle en riant, il voit tout, entend tout, et sait tout.

— Oui, grinça Hasselguist, debout derrière elle, il ne perdra pas de vue la brebis en question.

— Mais vous non plus, mon cher, observa l'archimandrite.

Au milieu de l'hilarité générale, l'ambassadeur suédois baissa les puissantes jumelles qu'il avait braquées sur la jeune fille.

Annabelle avait ralenti son pas. Le vent chaud jouait avec ses boucles, pénétrant sous ses vêtements. Vêtue d'un simple tailleur fuchsia serré et pincé à la taille, imprimé de petites fleurs blanches ombrées d'argent et coiffée d'un bibi à voilette d'un rose moins soutenu, elle semblait surgir directement du salon d'un grand faiseur parisien. Elle s'était permise une seule fantaisie, une longue écharpe de soie blanche damassée d'or et d'argent. Les gens simples s'écartaient à son passage. Soudain, elle crut apercevoir Clotho dans la cohue bigarrée. Le cœur battant, elle rebroussa chemin. Une voix d'homme l'interpella :

— Hello, la jolie miss aux cheveux d'or.

Un homme corpulent, juché sur une estrade de fortune fabriquée de vieux caissons de bière, gesticulait comme un fou. Intriguée, elle s'approcha.

— Voulez-vous parier, ma princesse ?

— Oh non, je n'y connais rien.

Le bookmaker la considéra, sévère. Elle lui trouva un air d'enfant des faubourgs, une vague ressemblance avec un directeur de cirque qui avait planté son chapiteau à Arromanches. Un bon visage lunaire, bien sympathique.

— Vraiment ? dit-il, et cependant si la beauté va de pair avec la chance, comme les Anciens le croyaient, jouez sur n'importe qui, vous gagnerez à coup sûr !

Il hurlait pour s'exprimer, par une sorte de déformation professionnelle. Ses chausses paysannes et son surtout en drap contrastaient avec un incroyable haut-de-forme vert grenouille dont il s'était attifé et qui, sans doute, lui servait à attirer la clientèle.

— Allez ! Allez ! vociféra-t-il à la cantonade, prenez vos paris, je vous les donne à deux contre un.

La foule s'épaississait. Une marée de mains armées de pièces rondes étincelantes entourait l'estrade. Le bookmaker se tourna à nouveau vers Annabelle.

— Voyez, miss, vous feriez une bonne mascotte. Déjà vous me portez bonheur.

Dans la fournaise attisée par les rayons d'un soleil gigantesque, il fondait de transpiration. Ses bottes baignaient dans une mare de sueur, son teint avait viré au rouge écrevisse. Or, malgré le vent, son haut-de-forme lustré, définitivement vissé sur son crâne, ne bougeait pas d'un pouce. Annabelle lui sourit.

— Qui sont les concurrents ? demanda-t-elle.

— La ferme un peu là-bas ! La demoiselle se renseigne !

Il se pencha vers elle, au péril de sa vie, car les parieurs mécontents secouaient son estrade comme des forcenés. Le pauvre homme avait l'air de naviguer sur un radeau.

— Dix partants miss, s'égosilla-t-il, chacun des notables possède sa bête et son jockey. L'archimandrite, le sieur Cantacuzène, le comte Foscarini, Enver bay, le gouverneur, quelques marchands de Kyrénia...

— Et le duc de Clayton ?

Il lui tendit d'autorité un carré de papier bleu tout fripé.

— Voulez-vous parier sur lui ? Il monte lui-même son cheval. Un pur-sang arabe un peu nerveux. Jamais couru avant, ce n'est pas un favori. Mais il peut rapporter gros.

Annabelle prit le papier bleu, comme s'il avait été un

billet doux. Déchiffrer le nom de son bien-aimé la remplissait de joie. De minuscules lettres noires mal imprimées sur une petite surface bleue, maculée par les doigts poisseux du bookmaker. Elle lut : « n° 9, cheval : Assour, jockey : Clayton ».

En attendant, l'estrade basculait dangereusement. Le bookmaker s'y cramponnait de toutes ses forces.

— Vite ! Combien pariez-vous ? cria-t-il, hors d'haleine.

Et comme elle hésitait,

— Cinq ? Dix shillings ? Vos gueules, vous autres, laissez la miss faire son choix.

Il y eut un semblant de silence pendant qu'Annabelle farfouillait dans sa bourse. Le silence fut complet lorsqu'elle en extirpa un billet neuf, plié en quatre. Elle se hissa sur la pointe de ses bottines au bout vernis, le portant à la hauteur du visage du book. Celui-ci commença par loucher, puis parut au bord de l'apoplexie.

— Cinq livres ? balbutia-t-il, incrédule.

C'était les premiers mots qu'il prononçait à voix basse.

— Oui, c'est cela ! dit Annabelle.

Abasourdis, les parieurs avaient baissé les bras. Certains se concertèrent en catimini. Un grand gaillard portant bandeau prit la direction des opérations.

— La cote de Clayton va baisser, annonça-t-il. Son cheval est nerveux, le terrain est sec, j'achète à trois contre un tout ce qui reste.

Le bookmaker opina du chef. Son haut-de-forme toujours en place, il s'inclina vers Annabelle saisissant d'une main tremblante les cinq livres. L'instant d'après, l'estrade croulait sous les shillings.

Annabelle s'éloigna. Etait-ce Clotho qui circulait, là-bas, à la limite du terrain vague ? Elle fit un détour en serrant sur son cœur sa bourse en taffetas rose. Le précieux billet où le nom de Clayton était gravé s'y trouvait. Elle venait de jouer sur Dorian Wilde son salaire de quinze jours.

— On ferme ! s'époumona le bookmaker.

Du haut de la tribune, Anthémios se pencha en avant, par-dessus bord. La banderole réverbérait ses jaunes d'ocre et ses verts acides sur son visage. Son unique œil lança un éclair. Sa dent de sanglier s'avança sur sa lèvre inférieure.

— Enfin ! s'exclama-t-il, à l'adresse de Lady Mary, je viens de découvrir un vice à la Madone aux violettes.

— A qui ? dit-elle sans comprendre.

— Je parle d'Annabelle de Villermont, votre cousine. Figurez-vous que cet ange est possédé par le démon du jeu. Et elle joue de grosses sommes !

— N'oubliez pas, Monseigneur, que seuls ceux qui possèdent quelques vices risquent d'avoir aussi quelques vertus, les autres étant aseptiques.

Hasselguist avait prononcé ces mots d'une voix caverneuse. La comtesse se mit à glousser.

— Mon bon Hasselguist, on devrait vous appeler « le dernier mot ».

— Décidément, mademoiselle de Villermont occupe tous les esprits, coupa Arsinoé, puisque nous en sommes aux sobriquets, appelons-la « ordre du jour ».

— Trop tard ! s'écria la comtesse, elle en a déjà un.

— Pas possible. Et lequel ?

— Vous ne devinerez jamais. La Madone aux violettes.

Arsinoé se renfrogna. Sa main brune se crispa sur la tarlatane rouge de sa jupe. Dans un souffle elle demanda :

— Pour quelle raison l'appelle-t-on ainsi ?

— Demandez-le à Monseigneur.

Arsinoé regarda l'archimandrite.

— Une paysanne lui a offert un bouquet de violettes le 15 juillet, jour de son arrivée, dit-il à voix basse.

— Des violettes ? comme c'est étrange.

Le prélat ne souriait plus.

— Quelque chose doit se passer avant le 15 août. Arsinoé, j'aurai à vous parler. Il ne faut jamais décevoir un peuple tout entier. Et ils y croient, à leur légende. Dur comme fer.

Elle inclina la tête en un signe de compréhension.

— Ah voilà mademoiselle de Villermont, dit Enver bay.

Il était assis entre Lady Mary et le comte Foscarini. Il se releva, tout trémoussant.

— Venez, venez ma chère, vous êtes chaque jour plus belle. Puis, poussant du coude son voisin, cela ne vous dérangerait pas de vous déplacer ?

— Mais pas du tout, Enver bay, grinça le comte, s'il n'y a que cela pour vous être agréable...

Annabelle salua le gouverneur et la colonelle, esquissa une révérence à l'adresse d'Anthémios, prise d'une folle panique à l'idée qu'elle pourrait encore se trouver forcée à embrasser l'énorme diamant de son annulaire. Au passage, elle fut harponnée par Hasselguist.

— Alors ? On oublie si vite ses amis d'un soir ?

— Bonjour, Votre Excellence, sourit-elle, je n'ai rien oublié, ni votre gentillesse, ni nos penchants communs pour la littérature.

L'ambassadeur suédois risqua un regard du côté d'Enver bay. L'attaché militaire turc n'aimait pas attendre, à juger par la vive rubescence de sa peau.

— A bientôt, mademoiselle de Villermont, dit Hasselguist, j'espère que vous me ferez l'amitié d'assister à mes soirées poétiques cet automne.

— Volontiers, dit-elle. « Si je suis encore là. »

La jeune fille ébaucha une muette salutation à

l'égard d'Enver bay et s'effondra sur sa chaise, l'air absent. Le Turc reprit aussitôt sa place, en se frottant les mains. Jamais il n'était apparu en public accompagné d'une aussi belle femme.

Soudain, une longue rumeur parcourut la foule. Les concurrents faisaient leur entrée sur la piste. Une dizaine de fiers destriers paradaient devant les spectateurs. Le vent était tombé. Le cœur d'Annabelle bondit. Elle avait reconnu Dorian Wilde parmi les cavaliers.

Comment aurait-elle pu ne pas le reconnaître, fût-ce même au milieu d'une armée ? Sur son destrier bleunoir, il était beau comme un astre. Il arborait une longue casaque en soie sauvage aux couleurs des Clayton, le lion anglais dans le dos. Sa casquette à longue visière ombrait son front.

Lorsque Assour s'avança en piaffant gracieusement vers la tribune centrale, il y eut un remous parmi les dames. Son harnachement pourpre et or flamboyait au soleil. Des dizaines de jumelles se braquèrent sur lui. Dorian Wilde arrêta sa monture à la hauteur du gouverneur et de son épouse. Il salua le couple, puis fit un tour d'honneur, en passant en revue les invités.

Il lança un bref regard à Arsinoé. La jeune femme était debout, serrant convulsivement dans ses mains un foulard de madras. Mais le cavalier passa devant elle et eut un hochement de tête à l'adresse de Lady Mary. Soudain, tirant sur les rênes de son cheval, il l'immobilisa devant Annabelle. La jeune fille retint son souffle.

Comme il levait la tête vers elle, dans l'insoutenable réverbération du jour, elle aperçut la luisance de ses yeux ténébreux fixés sur les siens. Rougissante, elle baissa le regard. C'est alors que le duc de Clayton dit à voix haute :

— Votre écharpe, mademoiselle de Villermont !

C'était un ordre. Dans le silence devenu général,

Annabelle jeta autour d'elle un regard égaré. Impatient, le duc répéta :

— Votre écharpe, Annabelle !

Elle la lui jeta d'une main hésitante. Il la saisit au vol et sans quitter la jeune fille des yeux, il noua le tissu chatoyant à son cou. Ensuite, il lança son cheval en avant pour rejoindre les autres cavaliers. La soie blanche flottant dans son dos était visible de loin.

— Au départ, hurla quelqu'un dans un porte-voix.

Le sol se dérobait sous les pieds d'Annabelle. Elle se rassit machinalement. Le chuchotement sirupeux d'Enver Bay l'agaça.

— Vous m'en direz tant ! C'est comme dans les anciens tournois. Chaque seigneur portait l'emblème de sa bonne amie.

— Taisez-vous, dit-elle, le duc s'est livré à une petite plaisanterie, il n'y a pas de quoi écrire un roman.

L'attaché militaire turc approcha ses lèvres de l'oreille de la jeune fille. Son haleine lui brûla la joue.

— A votre place, je serais moins affirmatif. Regardez sa fiancée, elle est blanche comme un linge. Et son papa est à ses côtés. C'est mauvais signe.

Le bay ne mentait pas. Un homme boudiné dans une redingote ajustée à la taille était près d'Arsinoé. Tous les traits de sa physionomie avait disparu au profit d'un imposant nez en bec d'aigle. « C'est donc lui, le puissant Cantacuzène », songea Annabelle. Elle remarqua qu'Arsinoé se tenait très droite sur son siège, le regard fixe. Sous une apparente sérénité, elle bouillait de colère. Ses longues mains frémissantes étranglaient le foulard que Dorian avait dédaigné. Annabelle essaya de se concentrer sur ce qui se passait sur le terrain.

Fier comme Artaban, l'homme au haut-de-forme vert s'avança devant les gradins. Sans mot dire, il abaissa un petit drapeau quadrillé en signe de départ, puis, il se mit à courir à toutes jambes. Au même moment, les chevaux s'élancèrent sur la piste. Enver Bay se renversa sur son siège, faisant ses calculs à haute voix.

— Mille six cents mètres, au bas mot deux minutes de course.

— Tant de remue-ménage pour deux minutes de spectacle, avouez que c'est pauvre ! répondit Hasselguist, braquant ses jumelles sur le peloton.

La houle des chapeaux se déplaçait en rotation, au fur et à mesure que les chevaux s'approchaient.

— Assour est en bonne forme, annonça le Suédois. Enver bay s'ébroua.

— Mon Attila ne se laissera pas rafler la victoire.

— En tout cas, Clayton s'est placé à l'extérieur.

— Oui, mais mon jockey a pris la corde.

— Bah ! votre Attila est trop fougueux, tôt ou tard, il fera un écart.

Le bay pointa deux doigts vers le sol, pour chasser le mauvais œil. Les chevaux étaient encore loin. On ne pouvait pas présumer de la victoire.

Annabelle restait vissée à sa place. Les considérations de ses voisins ne l'intéressaient pas. Elle n'avait pas réussi à retrouver le rythme normal de sa respiration, tant le geste inattendu de Dorian l'avait bouleversée. « Comme aux anciens tournois. » Elle sentait dans son dos les yeux de tigresse d'Arsinoé et ceux, minuscules comme des boutons de bottine, de son père. Elle aurait préféré être sous terre. Que fallait-il penser de tout cela ? Que Dorian lui avait demandé un gage d'amour ? Qu'il tenait à se faire pardonner, au risque de s'attirer les foudres du sieur Cantacuzène ? Qu'il cherchait à l'humilier devant tous ses amis réunis ? Elle plaqua ses mains sur ses tempes. « Qu'allait dire l'archimandrite ? et le gouverneur ? » Pour le moment, ils semblaient absorbés par la course. Mais, comme par hasard, leurs regards se croisaient et, de temps à autre, un demi-sourire ironique éclairait un visage. Un silence total régnait sur l'hippodrome.

Le vent s'était remis à souffler. La chaleur était écrasante. Les chevaux chargeaient dans la ligne droite. Deux cavaliers s'étaient détachés du peloton. Le cœur battant, Annabelle aperçut son écharpe claquer comme un étendard dans le dos du premier. Debout sur les étriers, Dorian Wilde labourait de ses éperons les flancs d'Assour. Juste derrière lui, un jockey à casaque rouge chevauchant un étalon gris essayait de le doubler. Enver bay se ranima :

— Vas-y, mon Attila ! hurla-t-il.

La crinière d'Assour flottait au vent, dans l'éclatante lumière du jour. Ses naseaux écumaient, le mors lui meurtrissait la bouche. Attila, le cheval du Bay, le serrait de près. Une onde d'émotion fit vibrer les spectateurs. Assour se cabra, puis s'élança en avant. Un immense cri s'éleva des tribunes et du parterre. Tout le monde se leva dans un indescriptible brouhaha. Laissant en arrière son adversaire, le duc de Clayton franchit en trombe la ligne d'arrivée.

— Le cheval Assour portant le numéro 9, monté par le duc de Clayton a emporté le derby ! hurla le porte-voix.

Une foule compacte, diaprée, fourmillante, se déversa sur le terrain. Annabelle leva les yeux, un peu abasourdie. La chaleur l'incommodait. Sa honte la tenaillait. « Pourquoi a-t-il fait ça, mon Dieu ? » Elle vit le visage glabre et luisant d'Enver Bay près du sien et amorça un mouvement de recul.

— C'est terminé, soupira le Turc, votre beau cavalier a gagné. Mais souvenez-vous de ce que je vous ai dit sur votre destin.

— Je n'ai pas oublié.

Il s'éclaircit la voix.

— Allez-vous vous faire payer votre billet gagnant ? Vous avez dû gagner une fortune.

« Il sait cela aussi ? Ils savent tout, ces gens. » Elle préféra mentir :

— J'avais parié sur Attila.

Flatté, il lui prit le bras. Elle se laissa faire, par lassitude. Non, elle n'allait pas échanger ce billet contre tout l'or du monde. Elle se releva. Les autres avaient déjà quitté leurs places et descendaient dare-dare de la tribune, divisés en petits groupes. « Ils veulent sans doute m'éviter » pensa-t-elle.

A travers la fine poussière blanche qui tamisait toutes les couleurs, elle aperçut Arsinoé au bras de son père. La silhouette étriquée du sieur Cantacuzène, d'un noir opaque sur le sol blanc, semblait agitée par une sorte de colère contenue. Se hissant jusqu'à l'oreille de sa fille, il lui murmura quelque chose. Arsinoé ne broncha pas. Seulement, elle pressa le pas.

Hasselguist filait en avant, flanqué du couple des Foscarini. La comtesse riait. « Cher Hasselguist, songea Annabelle, à quoi cela vous sert d'apprécier Baudelaire si dans la vie, vos vues sont si étroites ? » En retrait, Anthémios entretenait Lady Mary d'un sujet grave, à en juger par la mine allongée de celle-ci. Quant au gouverneur et à son épouse, ils s'étaient éclipsés avant la fin du derby. Jamais Annabelle ne s'était sentie aussi seule. A ses côtés, le bay la considérait de son air amusé.

— N'attachez pas trop d'importance au départ précipité de nos amis, dit-il, cette canicule en est la cause. A l'intérieur des terres il fait plus chaud.

Elle le regarda, reconnaissante. Sa laideur agressive paraissait atténuée par une subite douceur dans le regard.

— Puis-je vous raccompagner ? demanda-t-il aimablement. Nous pourrions visiter la citadelle de Nicosie, si vous le désirez. C'est une ville ancienne, protégée par des remparts vénitiens. Imaginez une cathédrale gothique noyée dans les citronniers, voisinant avec l'ancien sérail du sultan, je suis sûr que cela vous amusera.

Annabelle lui adressa un pâle sourire. Oui, elle aurait aimé visiter ces lieux tout en contrastes, mais pas en compagnie du bay. Heureusement, il y avait l'excuse de la chaleur.

— Une autre fois, Excellence, gémit-elle, aujourd'hui je ne supporterai pas de faire trois pas sans attraper une insolation.

Les lèvres du Turc s'écartèrent sur ses dents gâtées.

— Vos désirs sont des ordres, murmura-t-il, puis avec un geste tranchant, il appela son cocher.

— Hassan !

Un grand gaillard coiffé d'un turban doré émergea parmi les derniers gradins. Il s'avança vers le bay, courbé en deux, en faisant le salut musulman.

— Hassan, amène mon carrosse. La demoiselle craint le soleil.

L'autre opina du bonnet et repartit à reculons. Un instant plus tard, une large voiture, tenant du char et du carrosse, flanquée du croissant et de l'étoile islamiques, entrait dans l'hippodrome, tirée par un attelage de six palefrois.

A sa vue, un groupe de paysannes se dispersèrent, lançant des piaillements de moineaux.

L'arène était totalement vide. Sous l'éclat blanc du disque solaire fixé au zénith, la terre assoiffée se crevassait à vue d'œil. L'attaché militaire turc offrit son bras à Annabelle. Un muscle se contracta sous l'étoffe incarnat lorsqu'elle y posa sa main. Lorsque son invitée fut installée dans la voiture, le bay fit le tour du carrosse, en connaisseur, flatté par son châssis doré,

129

flambant neuf. Il grimpa à l'arrière, à côté de la jeune fille.

Annabelle regarda les bancs vides et silencieux. Sans la foule qui les animait un peu plus tôt, ils n'étaient plus qu'un assemblage de planches rongées par le soleil. Brusquement, elle sursauta. Debout, sur le plus haut gradin, au sommet de cet escalier multicolore, une fillette se dandinait d'un pied sur l'autre. Son ample chemise flottait sur sa carcasse squelettique. La masse rougeoyante de ses cheveux passés au henné voltigeait autour de son faciès dépourvu de traits.

— Clotho ! s'écria Annabelle.

Car c'était bien la bohémienne, escortée de son inévitable chèvre efflanquée.

— Qui est-ce ? dit le bay.

— Un oiseau de mauvais augure. Je vous en prie, partons !

Le carrosse démarra et l'hideuse vision disparut. Mais elle resta longtemps dans la tête de la jeune fille.

10

La voiture du bay emprunta une route cahoteuse qui serpentait le long d'une chaîne de montagnes bleu cobalt. Cinq crêtes agressives se dressaient au milieu du massif. Annabelle la désigna :

— Les cinq doigts de Dhigénis ? demanda-t-elle.

— Oui, glapit son voisin, ces *giaours* ne savent plus quoi inventer pour se donner du courage.

Il se renversa sur un monticule de coussins damassés et se mit à s'éventer d'une main indolente. Soudain, il reprit d'un air sombre :

— Le duc de Clayton a ajouté deux ennemis à son actif, aujourd'hui : Cantacuzène et sa fille. Il va lui arriver des ennuis.

Annabelle tressaillit.

— J'ai l'impression que le duc n'est pas très aimé, hasarda-t-elle.

Enver bay éclata de rire.

— Vous autres, Européens, excellez dans la litote. Pas très aimé ? Il est haï par tout le monde. Et avant tout, par les Chypriotes. Si ce chien enragé d'Anthémios lâchait la bride...

— Nous excellons, également, en maximes, répondit Annabelle, révoltée ; en France on dit qu'il vaut mieux faire envie que pitié !

D'un geste sec, le bay referma son éventail en fines lamelles d'ivoire.

— Mais on dit aussi que l'envie est une force qui tue.

Annabelle avala sa salive. Malgré les apparences civilisées de son hôte, elle sentait en lui une sauvagerie sans égale. Ses mains potelées, sagement posées sur ses genoux, lui semblèrent aussi redoutables que les griffes d'un fauve. Elle réprima un frisson et fit mine d'admirer le paysage qui défilait en sens inverse. Une terre sèche, piquetée de ronces, que le soleil inondait. Le bay remua sur son siège. La remarque de la jeune fille à propos de l'envie et de la pitié l'avait indisposé. Ses narines frémirent et sa main gauche s'agrippa à son yatagan. Ensuite, par habitude, il remonta le fez sur son crâne chauve. Il jeta un regard oblique vers Annabelle. Elle regardait toujours le paysage. « Elle a compris qu'il vaut mieux laisser ses mots d'esprit à la maison, quand elle discute avec moi », pensa-t-il.

Il admira la finesse de son profil entouré d'un halo lumineux par ses cheveux relevés en un chignon bas. Le bay fronça les deux traits épais et noirs qui lui tenaient lieu de sourcils. Le profil d'Annabelle lui rappelait quelque chose. Quelque chose qu'il avait enfoui dans les tréfonds de sa mémoire et qui s'obstinait à surgir, aujourd'hui. La blondeur de la chevelure, les cils recourbés, les lèvres pleines naturellement rouges, cette nuque à la courbe si gracieuse… le bay caressa la masse froide de son yatagan, alors qu'il tendait son autre main vers elle. Tout miel, il susurra :

— Mademoiselle de Villermont, quels sont vos liens de parenté avec les Clayton ?

Elle se tourna vers lui. L'étonnante clarté de son regard aveugla Enver bay. Il cligna des paupières. « Allah ! se dit-il, j'ai déjà vu ces yeux-là, mais où et quand ? »

132

— Ma grand-mère maternelle était une Clayton, expliqua la jeune fille. Elle épousa un obscur baronnet français et fut déshéritée.

Elle sentit les yeux du bay la détailler et détourna la tête, gênée. Il reprit d'une voix rocailleuse qu'il ne parvint pas à radoucir :

— Alors, vous êtes presque tout à fait Française ?

— Oui, sourit-elle, presque tout à fait, comme vous dites. Mais en quoi cela peut-il vous intéresser ?

Il se rétracta dans son coin.

— Je me renseignais. Votre physionomie me rappelle quelqu'un. Peut-être ai-je rencontré un membre de votre famille au cours de mes nombreux voyages ?

Une profonde tristesse voila les beaux yeux bleus d'Annabelle. Sa voix se fit tremblante, presque enfantine.

— Hélas, monsieur, je suis la dernière des Villermont. Mes parents sont morts en Normandie. Quant à mon frère Guillaume, il fut tué en Crète...

Elle s'interrompit brusquement. Le bay se mordit la lèvre.

— Par Um Haram, la sainte tante du Prophète... marmonna-t-il.

Annabelle écarquilla les yeux avec une subite angoisse. En face d'elle, Enver bay exhibait un visage terreux. Elle se redressa sur la banquette, horrifiée.

— Enver bay ! hoqueta-t-elle, lors de notre première rencontre vous m'avez montré un cadeau d'Osman Pacha. Il vous l'avait offert pour services rendus en Crète.

— C'était il y a longtemps.

— Aujourd'hui vous m'avancez que ma physionomie vous rappelle quelqu'un.

— Cela arrive.

— Vous mentez ! Mon frère me ressemblait. Ne

133

l'auriez-vous pas connu en Crète, justement ? Enver bay ! Ne l'auriez-vous pas...

Sa voix se brisa dans des sanglots hystériques. Affolé, le bay lui saisit le bras. Il était devenu gris.

— Taisez-vous ! intima-t-il.

— Lâchez-moi. Vous êtes un monstre !

Il se mit à la secouer.

— Mais qu'allez-vous imaginer ? hurla-t-il, roulant des yeux furibonds, vous devenez folle, ma pauvre fille !

Elle parvint à dégager ses bras.

— Quels services avez-vous rendus à Osman Pacha ? demanda-t-elle d'une voix nette.

Il la toisa avec défi.

— J'ai ratissé un village crétois, près de Hania. Tous les habitants furent mis à mort. C'était la guerre.

Annabelle prit son visage dans ses mains. Elle avait la nausée.

— Près de Hania ? C'est là que mon frère avait été emprisonné. Là aussi, tous les prisonniers ont été égorgés.

— Ce n'était pas moi.

Il essaya de la serrer dans ses bras.

— Je suis désolé d'avoir éveillé des souvenirs si douloureux. Faisons la paix, Annabelle, je vous en prie.

— Vous manquez de conviction, Enver bay. Mon pauvre Guillaume a peut-être péri par vos mains immondes. Et vous osez me toucher ! Je vous déteste !

— Hassan ! Arrête ! cria le bay.

Le carrosse s'immobilisa dans une secousse. Enver bay poussa rageusement la portière avec le pied. Les yeux exorbités, il se tourna vers Annabelle.

— Descendez ! fit-il entre ses dents, je n'ai pas envie de poursuivre mon voyage avec une furie.

Annabelle sauta sur un sol croustillant, en bordure

d'un champ de seigle. L'instant suivant, les palefrois du bay s'ébranlèrent dans un épais nuage de poussière.

Pendant un temps, il n'y eut que les stridulations des cigales. La jeune fille s'affaissa sur un tronc déraciné, seule tache noire au milieu d'un brasier blanc. La main en visière, elle contempla une terre plate et clairsemée qui s'étirait à perte de vue. Elle essuya ses larmes.

Au loin, un mince filet blanc bougeait dans la platitude. Elle plissa les paupières. Une charrette tirée par deux bœufs roulait cahin-caha dans la plaine. Petit navire dans une mer de lumière, elle transportait une cargaison de blé. Un vieux paysan se laissait conduire, ronflant tranquillement sous son chapeau de paille.

Annabelle se mit au bord de la route et attendit.

11

Une légère brise caressa le front bouillant d'Annabelle. Elle passa sa langue entre ses lèvres desséchées. Elle mourait de soif. Le charretier se retourna vers elle. Etendue entre deux fagots de blé, elle n'avait pas fière mine. Le vieux lui adressa un sourire édenté.

— Larnaca, ici ! annonça-t-il.

Elle se releva sur ses coudes. Un îlot de caroubiers obscurcissait le bord de mer. Le vieillard hocha la main, en signe d'adieu.

— Ici, toi descendre.

Annabelle rendit à l'homme le chapeau de paille qu'il lui avait prêté. Elle sauta à terre et lui tendit une pièce d'un shilling qu'il refusa vivement. Emue, la jeune fille lui sourit.

— Je vous remercie, vous êtes un être généreux.

Il hocha sa tête chenue sans comprendre, puis redémarra en douceur. Les bœufs allaient de l'avant, d'un pas indolent, persécutés par un essaim de mouches bruyantes.

Annabelle lissa sa jupe fripée. Dans sa hâte à quitter le bay, elle avait perdu son chapeau et sa voilette. Son chignon s'était défait et ses boucles dégringolaient en cascade dans son dos. L'éclat cuivré du soleil et un semblant de fraîcheur venant du fond de l'air attestaient que l'après-midi touchait à sa fin.

« Lady Mary va s'inquiéter » songea-t-elle. Elle repensa à Dorian, puis à Enver bay et frissonna. « Fichue journée », conclut-elle tristement. Ruminant ses pensées, elle s'engagea dans l'allée bordée d'acacias qui menait au château. Non, malgré l'attirance qu'elle éprouvait pour ce pays étrangement beau, elle devait se résoudre à le quitter.

A un carrefour, elle croisa quelques passants. Un groupe d'hommes en complet-veston et en canotier, accompagnés de femmes dont les fourreaux lamés détonnaient avec les costumes sobres de leurs compagnons. Leur peau couleur d'ambre avivée par le fard soulignait leur type oriental.

Annabelle poursuivit sa route, consciente que les hommes se retournaient sur son passage. Une des femmes cria quelque chose d'une voix stridente, provoquant l'hilarité générale.

— Je ne veux plus les voir ! monologuait Annabelle, ni cet assassin, ni le duc, ni tous ces tristes comparses qui font la chattemite.

Chacun l'avait meurtrie à sa façon, l'un avec sa férocité, l'autre avec son mépris, les derniers avec leur fausseté.

Personne ne l'avait aimée, personne ne l'avait comprise, sauf peut-être le petit page. Mais que pouvait-il, pauvre enfant perdu qu'il était, lui aussi.

Entre les cimes des arbres, elle aperçut le clocher blanc de l'église de la Panayia. Machinalement, elle bifurqua et emprunta le sentier verdoyant qui remontait au porche de la basilique. D'entêtantes senteurs de romarin, mêlées au suave parfum d'un jasmin jaune, embaumaient l'air. Une paisible luminosité auréolait l'endroit. Un perdreau roux et cendré s'envola pardessus les frondaisons, vers le ciel mauve. Annabelle pressa le pas. Sa fatigue l'avait quittée. Elle éprouvait une brusque envie d'allumer un cierge devant l'icône de la Madone.

La jeune fille pénétra dans l'église sur la pointe des pieds. A la lueur d'innombrables bougies, les cinq étages de l'iconostase lançaient des éclairs dorés. Apaisée, Annabelle promena un regard embué sur les figures austères des saints et des saintes, peints à la façon byzantine, sur un bois odorant. Leurs visages émaciés, tout en longueur, enfoncés dans leurs auréoles d'or massif, fixaient le vide. Les narines de la jeune fille palpitèrent. Un lourd arôme de violette se répandait dans l'air. Annabelle recula. Le trépied sur lequel reposait l'image de la Madone avait été déplacé. Il se trouvait maintenant au milieu du narthex. L'étoffe qui le recouvrait avait été retirée. Mise à nu, la Madone souriait à Annabelle.

« Même visage, même cheveux », aujourd'hui plus que jamais, sa ressemblance avec l'image était frappante. Elle écarquilla les yeux. Autour du trépied, des centaines de bouquets de violettes s'amoncelaient, emplissant l'espace de leurs effluves. Qui les avait posés là ? Anthémios ? Des paysans ? Quelques fidèles sans doute, croyant à la légende ? Elle se souvint de la paysanne grecque. « Miracle ou fléau, dans le mois », puis, « plus que quatorze jours » ! pensa-t-elle.

Soudain, un courant d'air coucha les flammes des bougies. Le battant d'une porte latérale s'était mis à claquer. Des éclats de voix lui parvinrent de l'extérieur. Poussée par la curiosité, elle sortit. Elle déboucha dans une galerie dallée de mosaïques. Ses absides en arc brisé donnaient sur un jardin. Elle aperçut la tiare tronconique d'Anthémios, par-delà une haie de mûriers et d'aubépines, et comprit qu'il était assis face à quelqu'un. « Ils doivent prendre le thé » pensa-t-elle, car, par-dessus la conversation, elle entendait un joyeux tintement de petites cuillères que l'on tournait dans les tasses.

L'archimandrite parlait en grec, d'un ton animé. La voix aux profonds accents de contralto qui lui répondait était celle d'Arsinoé. Aux fausses notes qui pointaient à chaque fin de phrase, Annabelle comprit que la jeune femme était en colère, « sans doute à cause de l'incident à l'hippodrome », se dit-elle amèrement.

Elle allait s'éclipser lorsqu'Anthémios prononça le nom de Dorian Wilde. La voix était tranchante comme un couperet. La jeune fille s'immobilisa. Elle aurait donné son âme pour comprendre quelques mots de grec. Le ton montait, de l'autre côté de la haie. Elle retint deux noms qui revenaient sans cesse au fil des phrases : Clayton et Capetanios. Prudemment, elle battit en retraite et dévala la pente, jusqu'à la rue.

Une heure plus tard, essoufflée, trempée de sueur et rouge de confusion, Annabelle se tenait devant Lady Mary. Celle-ci, installée sur une bergère, lui fit signe de s'asseoir à ses côtés. Annabelle se laissa tomber sur un pouf joufflu.

Après l'avoir serrée dans ses bras en remerciant « le Dieu du ciel » et qu'elle eut entendu les explications de la jeune fille, Lady Mary la dévisagea d'un air morose.

— Enfin ! s'écria-t-elle, vous rendez-vous compte combien de bêtises vous avez commises en une seule journée ?

— Milady...

— Ta ta ta ! Vous commencez par jeter étourdiment votre écharpe à ce fou de Dorian.

— Il me l'a réclamée.

— Il fallait refuser. Vous êtes fort jolie et mon frère passe pour un Casanova. Il est fiancé, ma chère. C'est un scandale.

— Vous avez dit vous-même que vous vous demandiez si ce mariage devait se faire.

— J'ai dit ce qui me passait par la tête, coupa Lady Mary agacée, et ce n'est pas une raison pour afficher votre liaison en public.

— Quelle liaison ? s'insurgea Annabelle.

— Oui, parfaitement. La colonelle était outrée. L'archimandrite de même.

— Mais il n'y a rien entre nous !

— Peu importe, c'est ce que tout le monde a cru.

Les yeux d'Annabelle étincelèrent.

— Et la vérité ne vous intéresse pas ?

Lady Mary leva les yeux vers le stuc du plafond.

— Ma pauvre enfant, que voulez-vous que j'en fasse de votre vérité, quand ce sont les apparences qui comptent ? Nous vivons dans une société puritaine. Oh, pas moins débauchée que les précédentes, mais puritaine. Tel est le bon vouloir de la reine Victoria. De la discrétion avant tout ! Mieux vaut être la maîtresse d'un homme, même si tout le monde s'en doute, que de lui jeter son écharpe sur l'hippodrome, vous comprenez ?

Annabelle fondit en larmes.

— Ce... c'est horrible, ce que vous dites, balbutia-t-elle.

Lady Mary renifla, attendrie par l'émotion de sa cousine. Pour se donner une contenance, elle fit mine d'arranger les plis de sa robe de chambre frangée de boa, puis, elle reprit son algarade :

— Je ne sais pas pourquoi Dorian a fait cela et bien malin qui osera le lui demander. Passons ! Vous n'êtes pas amoureuse de lui, au moins ?

Comme Annabelle baissait la tête, secouée d'amers sanglots, Lady Mary lui caressa les cheveux en silence. Depuis leur excursion à la baie de Vénus, elle avait percé le secret de la jeune fille. Elle eut la délicatesse de ne pas en parler et se contenta d'émettre, dans un soupir :

— Seigneur, que les hommes peuvent être odieux !

Puis, d'une voix qui se voulait en colère, elle ajouta :

— Et pourquoi diable avez-vous disparu en compagnie de l'attaché militaire turc ? Savez-vous comment on le nomme ? Le Sanglier. Encore heureux que vous soyez revenue indemne. Et cette atroce histoire de prisonniers crétois égorgés, est-ce vrai ? Doux Jésus, quelle journée !

Annabelle séchait ses larmes. Elle n'eut pas le courage d'avouer à Lady Mary son détour par l'église de la Panayia et le dialogue qu'elle avait surpris entre Anthémios et Arsinoé. Du reste, quelle importance ? Sans doute parlaient-ils, eux aussi, de cet incident à l'hippodrome. Elle regarda à travers ses larmes Lady Mary :

— Je ne connaissais pas la signification d'un tel geste, dit-elle. Mais pourquoi le duc de Clayton m'a-t-il humiliée ainsi, en public ? Pourquoi a-t-il joué cette ignoble mascarade ?

Un dernier sanglot gonfla sa poitrine. Lady Mary lui releva le menton.

— Calmez-vous, Annabelle, je connais mon frère, il n'est pas méchant. Nous allons essayer d'arranger tout cela.

Elle se renversa dans sa profonde bergère, rêveuse, un doigt sur ses lèvres.

— Puis-je me retirer ? demanda Annabelle.

— Allez-y ma chérie. Dites à Nausika de verser de l'eau chaude dans la baignoire et détendez-vous. Nous nous verrons au dîner.

La jeune fille se raidit. Devinant ses pensées, Lady Mary ajouta :

— Nous serons seules.

Annabelle pivota sur ses talons, sortit de la chambre rose de Lady Mary et gravit l'escalier qui menait à l'étage, le cœur lourd. En montant les marches, elle laissait traîner sa main sur la rampe polie, totalement absorbée par ses pensées.

Passer pour la maîtresse du duc de Clayton aux yeux de la haute société du pays, voilà tout ce qu'elle avait réussi après un mois d'insomnies, de combats et d'angoisses. Or, ce qui la blessait profondément, au-delà de la limite du supportable, c'était la façon dont le duc lui-même l'avait exposée aux sarcasmes de ses amis. « Pourquoi, Dorian, pourquoi ? »

Cette fois-ci Annabelle était persuadée qu'elle n'était pas aimée de celui qu'elle avait adoré. L'affront qu'il lui avait infligé n'était-il pas une façon d'exprimer ce qu'il pensait d'elle ? Même le baiser qu'il lui avait donné paraissait maintenant comme une insulte. Comme un acte indécent.

Incapable d'avancer, elle s'assit sur une marche et posa son front brûlant sur un balustre. La fraîcheur du marbre lui fit du bien. Les dernières paroles de son père mourant lui revinrent en mémoire.

« ... seule, sans fortune ni relations, dans un monde absurde et violent » et ensuite, avec un affreux râle, « tes seules armes sont ta beauté et ta vertu, mais en sont-elles ? »

— Mademoiselle ! fit une voix claire qui semblait venir du couloir.

Elle se pencha par-dessus la rambarde. La tête bouclée de Jean émergea sous le guéridon. Malgré ses tourments, elle ne put s'empêcher de sourire.

— Bonsoir Jean, que fais-tu là-dessous ?

Le garçonnet monta l'escalier et s'affala à ses côtés.

— Vous avez découvert mon quartier général.

— Je ne le dirai à personne.

— Bon. Pourquoi pleurez-vous ?

— Cela passera.

Il serra ses minuscules poings.

— Si quelqu'un vous a manqué de respect, je vous défendrai.

— Non, mais je le saurai pour une prochaine occasion. En attendant, tu pourrais m'éclairer sur un mot grec que j'ai entendu par hasard.

Il posa son menton sur sa main.

— Quel mot ?

— Cela doit être un nom. Capetanios.

L'enfant sursauta.

— C'est vrai qu'il existe ? s'écria-t-il.

— Je ne sais pas. Qui est-ce ?

— On l'appelle Capetanios, cela veut dire Capetan, chef quoi.

— Chef de qui ?

— Des révolutionnaires. Du temps des Turcs, les Capetans se battaient contre eux. Maintenant, pour celui-ci, on dit qu'il veut se battre contre les Anglais.

Annabelle fronça les sourcils.

— Pourquoi contre les Anglais ?

— Pourquoi pas ? Un Capetan, ça se bat contre l'occupant, quel qu'il soit. Seulement...

Il suspendit sa phrase, perplexe.

— Seulement ?

— Voilà, tout le monde en parle et personne ne l'a jamais vu. On ne connaît pas son vrai nom. Rien du tout. Certains racontent que c'est du vent. Encore une légende.

Annabelle se redressa.

— Et toi, qu'en penses-tu ?

Il la fixa de ses yeux intelligents, fier qu'on pût lui demander son opinion.

— J'attends qu'il fasse quelque chose. Qu'il prouve son existence. Vous comprenez ?

Elle lui ébouriffa les cheveux.

— Merci Jean, tes renseignements sont précieux.

Il bomba le torse.

— A votre service miss ! Bon, je file promener mes chiens.

Il partit au triple galop en s'égosillant :

— Brandy ! Noiraud !

Annabelle reprit son ascension, embarrassée. Elle avait vécu tant de choses dans la même journée que la réalité commençait à lui échapper. Impressions saccadées, successives et fugaces. Le visage pathétique de Dorian levé vers la tribune, ses yeux, deux gouffres noirs dans la blancheur du jour, le son velouté de sa voix : « Votre écharpe, Annabelle », puis le faciès luisant du bay et l'horrible soupçon qui s'était emparé d'elle, l'église de la Panayia regorgeant de violettes et les mots inconnus prononcés par Anthémios associant les noms de Clayton et du Capetan... Annabelle porta une main à son visage ruisselant de sueurs froides.

Nausika sortit de la salle de bains en essuyant ses mains sur sa jupe. Elle avait rempli d'eau la baignoire en faïence blanche ornée de fleurettes indigo. Sur le palier, une silhouette recroquevillée gisait à même le marbre. La jeune servante plissa les paupières. Dans la pénombre, une boucle platinée scintillait d'un éclat irréel. Nausika se précipita en hurlant :

— Milady ! Yakoumis ! La demoiselle « Villermaon » est morte !

12

— Votre Grâce, voici les renseignements que vous m'aviez demandé au sujet de mademoiselle de Villermont.

— Enfin, ce n'est pas trop tôt.

Le consul français eut un geste rond et conciliant.

— L'administration, mon cher duc, que voulez-vous.

Au milieu de ses tentures poussiéreuses représentant des scènes champêtres de Puvis de Chavannes, le baron de Maricourt avait l'air de surgir du passé. Il tendit à Dorian Wilde une longue enveloppe cachetée, pardessus son bureau de style Empire. Durant un bref instant, le regard des deux hommes se rencontra. Une légère rougeur colora la peau verdâtre du baron, attestant de sa confusion. Il n'y avait rien à faire, le duc l'intimidait. Il fit volte-face et d'un pas guindé, il se dirigea vers la porte-fenêtre. Ecartant le lourd rideau de velours céladon jauni par le soleil, il s'abîma dans la contemplation d'un jardin touffu, boisé de frangipaniers et de lauriers-roses.

Tournant le dos à son visiteur, avec une prétendue discrétion, il bafouilla :

— Veuillez vous asseoir, afin d'examiner le dossier à

votre guise. Vous comprendrez aisément que ce document ne doit pas quitter le consulat.

Le duc de Clayton bougonna un vague « je comprends » et se laissa tomber sur un tabouret en forme d'X. D'une main nerveuse, il décacheta l'enveloppe, vidant son contenu sur le bureau du consul.

Il y avait une fiche d'état civil, une attestation de casier judiciaire vierge délivré par la préfecture de Paris, une copie de l'acte de vente sur ordre de la République du domaine des Villermont et une lettre écrite par la main même de la mère supérieure du collège des franciscaines. De sa plus belle écriture, la brave religieuse affirmait que « Mademoiselle Annabelle de Villermont était une jeune fille attachante, intelligente et studieuse, d'un commerce agréable, une personne dont la haute moralité la plaçait au-dessus de tout soupçon ».

Au milieu de ce monticule de paperasses, les doigts de Dorian rencontrèrent un petit objet plat et dur. C'était un médaillon ovale en argent finement ciselé contenant un portrait. Il ne put réprimer un frisson en le regardant. Il représentait une jeune fille blonde au teint de lys et dont les grands yeux limpides semblaient rêver. C'était bien le pur visage d'Annabelle. « Seigneur Dieu, se dit le duc, j'ai accablé une innocente. » Il referma le médaillon avec douceur et le garda longuement dans sa paume.

— Eh bien ? dit le baron de Maricourt sans se retourner.

La crainte d'un incident diplomatique lui avait fait passer une nuit blanche.

— C'est bien elle, répondit Dorian, je m'étais trompé.

Le baron revint à sa place avec une expression de triomphe.

— Tant mieux ! Nous aurions été les premiers à être

148

dans l'embarras si une ressortissante française s'était trouvée mêlée à une affaire d'identité usurpée.

Il ajouta d'un air vengeur :

— Il faut dire qu'on lui donnerait le bon dieu sans confession, comme on dit chez nous. Comment avez-vous fait pour la suspecter ?

Il y eut un temps où les deux hommes se toisèrent. Le baron détourna les yeux le premier. Dorian Wilde ouvrit la main.

— Puis-je conserver ceci ?

L'autre s'accorda le luxe d'un temps de réflexion.

— C'est que... normalement, je dois conserver toutes les pièces du dossier, commença-t-il.

Il feignit de regarder sa chevalière gravée aux armoiries des Maricourt. Il finit par lancer, magnanime :

— Mais puisque vous tenez tant à cet objet...

— Je vous remercie, coupa le duc de Clayton.

Il glissa le médaillon dans la poche de son gilet et serra la main molle que le baron lui tendait.

— Qu'allez-vous faire maintenant que tout ceci est tiré au clair ? hasarda celui-ci.

Le duc se rembrunit.

— Je vais présenter mes excuses à mademoiselle de Villermont. Et j'espère qu'elle aura le courage de me pardonner. Au revoir, monsieur !

Le baron de Maricourt regarda Dorian Wilde traverser l'immense tapis persan et s'en aller. « Son sacré orgueil en a pris un coup, pensa-t-il, cela ne lui fera pas de mal. » Il se jeta sur son fauteuil capitonné et contempla d'un œil pétillant la surface lisse de son bureau. Puis, sans hâte, il se mit à ramasser les pièces à conviction éparpillées. Il sourit. Au fond de lui-même, il jubilait. « Ce n'est pas tous les jours qu'on a la chance de voir Clayton perdre de sa superbe, ron-

ronna-t-il, je donnerais ma main à couper qu'il est amoureux de cette petite Française. »

Il se renversa sur son siège, méditant sur les énormes possibilités qui, tout à coup, s'offraient à lui. « Une Lady Clayton normande, voilà de quoi faire pâlir tous les conspirateurs de Larnaca. »

Dorian Wilde chevauchait vers son château, sous un ciel nébuleux zébré de lueurs sanglantes. Sa cape noire doublée de satin blanc claquait au vent. Il cravacha sauvagement sa monture, un coursier moucheté. Il n'arrivait pas à chasser de son esprit l'image obsédante d'Annabelle lui jetant son écharpe de soie sous le regard cuisant de tous les invités d'honneur, alignés comme les jurés d'un tribunal imaginaire. « Je suis impardonnable. » L'allée des acacias lui parut interminable. A la vue du château il fut assailli par un désir impérieux de la revoir et de lui demander pardon. Il lâcha la bride. Le coursier, écumant, traversa la grille ouverte, chargeant comme un démon. Dorian sauta à terre. Quelques lumières orangées éclairaient les fenêtres du rez-de-chaussée. La porte d'entrée s'ouvrit et Yakoumis apparut.

— Où est Annabelle ? Où est Lady Mary ?

Le maître d'hôtel baissa hypocritement les paupières.

— Elles se reposent, votre Grâce.

Il s'effaça pour laisser passer le duc. Dorian déambula dans le grand hall. Yakoumis le regarda.

— Votre Grâce a l'air bouleversé, psalmodia-t-il.

— Occupez-vous de vos affaires. Allez dire à mademoiselle de Villermont que je l'attends dans mon cabinet d'étude.

Yakoumis ne broncha pas. Un sourire mesquin fendait ses grosses lèvres brillantes. Une rare insolence émanait de toute sa carrure musclée.

— Eh bien, mon garçon, qu'attendez-vous ?

Le maître d'hôtel cessa de sourire.

— La demoiselle est souffrante.

— Je désire la voir quand même.

— C'est impossible. Elle a eu un malaise et...

— Un malaise ? s'écria Dorian.

— Oui, cette sotte de Nausika l'a cru morte. Heureusement, ce n'était qu'un évanouissement.

— Je vois. Avez-vous appelé notre médecin ?

— Lady Mary l'a fait venir. Il a dit qu'elle avait besoin de repos. Il craint une fatigue nerveuse doublée d'une insolation.

Dorian baissa la tête, en proie à deux sentiments contradictoires. Colère et culpabilité s'agitaient en lui. Relevant les yeux, il s'aperçut que Yakoumis continuait de le dévisager, avec une sorte de sombre satisfaction.

— Qu'y a-t-il encore ?

L'autre bomba le torse, faisant craquer les coutures de sa livrée.

— On vous attend au salon !

Dorian serra les poings.

— C'est bon. Vous pouvez disposer.

Yakoumis s'inclina, faussement humble et prit la direction des cuisines en roulat des épaules. Le duc de Clayton, blanc de colère, pénétra dans le salon. Il marqua un temps d'arrêt. La pièce était vide. Les lampes en opaline diffusaient une lumière tamisée. Un souffle de vent passait par les fenêtres ouvertes, agitant les rideaux en organdi. Une voix de contralto brisa le silence.

— Je suis là, Dorian !

Dorian se retourna.

Arsinoé se tenait dans un recoin, un bras appuyé sur le marbre rose veiné de noir de la console. Elle avait mis sa robe carmin rayée d'émeraude. Sa mantille vieil or avait glissé sur ses épaules, libérant la masse noire de son opulente chevelure.

— Ah, c'est vous, Arsinoé! dit le duc d'un air désolé.

Une lueur d'acier traversa les prunelles de la jeune femme. Comme elle se penchait en avant, une lampe éclaira par le bas son visage qu'un rictus de dépit défigurait.

— Oui, c'est moi, riposta-t-elle, la rage au cœur, ne devrais-je pas être ici? Dans ma future demeure?

— Pourquoi pas? Vous êtes ici chez vous.

— J'en doute.

Il la fixa, agacé.

— Si vous êtes venue pour me faire une scène, vous avez mal choisi le moment.

Ses yeux de tigresse se rétrécirent.

— Parce que je devrais être contente? Après l'humiliation que vous m'avez infligée devant un millier de personnes? Mon père est fou de rage.

— J'ai fait un geste irraisonné.

— Mon père...

— Votre père! Toujours lui! coupa Dorian, on dirait que c'est lui que je vais épouser!

Elle fit un pas en avant, ivre de colère.

— Encore un mot et vous n'épouserez personne! hurla-t-elle.

Le duc la regarda. Elle s'était redressée. Son visage défait, dévoré par deux yeux étincelants, irradiait vers lui tout son ressentiment.

— Vous m'avez froissée ce matin, reprit-elle. J'exige que cette créature, qui a osé me défier en vous jetant son écharpe, disparaisse. Qu'elle parte! Qu'elle aille au diable!

Sa bouche mordait chaque mot. Ses mains n'étaient plus que deux griffes, prêtes à le lacérer. Dorian s'avança vers elle, l'air sombre. Elle lui fit face, menaçante.

— Je suis votre seule chance mon bon ami, ricana-t-elle, si vous voulez gouverner Chypre, il vous faut m'épouser. Raison d'Etat !

Il la saisit par les épaules.

— Arsinoé ! Que vous êtes dure ! Je croyais que vous m'aimiez.

Elle battit ses longs cils noirs.

— Mais je vous aime. Ne voyez-vous pas comme je suis jalouse ?

Dorian la scruta en silence. « Amour ou amour-propre ? » se demanda-t-il. Il vit ses joues creusées sous ses pommettes saillantes et ses larges cernes violets. Visiblement, elle souffrait. Mais de quoi ? Arsinoé renversa la tête, les paupières mi-closes.

— Embrassez-moi, Dorian !

Il la repoussa gentiment.

— Pas maintenant, Arsinoé. Je dois réfléchir.

Elle rouvrit les yeux, la bouche incurvée vers le bas.

— Réfléchir à quoi ? A elle ? Vous l'aimez ? Est-elle déjà votre maîtresse ? Pauvre de moi !

Dorian se mit à faire les cent pas.

— Non, rassurez-vous. Je me suis comporté comme un mufle. Elle n'y est pour rien et elle doit se sentir aussi humiliée que vous.

— Alors, si elle n'est rien pour vous, chassez-la.

— Non. Cette affaire ne regarde que moi. Je ne puis vous dévoiler les motifs de mon agissement. Enfin, pas encore. Sachez seulement qu'on me veut du mal. Qu'on m'espionne.

Arsinoé se laissa tomber sur un fauteuil. La pâleur de son visage s'était accentuée.

— Et qui vous espionne ? Moi, peut-être ?

— Ne dites pas de sottises. Nous en discuterons une autre fois. Lorsque j'aurai éclairci un certain mystère.

Rentrez maintenant. A moins que vous ne préfériez dîner ici.

Elle se releva, tendue comme un ressort.

— Ici ? C'est indécent ! Tant que cette personne vivra sous votre toit, je préfère rester chez moi. Choisissez, Dorian, c'est elle ou moi !

La dignité qu'elle avait mise dans ces paroles sonnait faux. Elle se précipita vers la porte, bousculant au passage Lady Mary qui arrivait. Celle-ci recula, portant une main à sa bouche :

— Mon Dieu ! Que vous arrive-t-il ?

Son regard allait d'Arsinoé à Dorian. Comme personne ne songeait à lui répondre, elle minauda :

— Je vois, querelle d'amoureux.

Arsinoé bondit, comme si elle avait été mordue par un serpent.

— Plus que cela, milady, hoqueta-t-elle, nous sommes au bord de la rupture. Vous savez mieux que personne ce que représente ce mariage pour vous et pour le gouverneur.

Lady Mary joignit les mains.

— Calmez-vous, Arsinoé. Tout va s'arranger.

Arsinoé lui jeta un regard meurtrier.

— Votre optimiste vous honore, ma chère et je ne doute pas qu'il ne parte d'une bonne intention. Je viens d'avertir votre frère que s'il ne choisit pas entre moi et une certaine personne, je me verrai obligée de lui rendre ma bague de fiançailles.

Lady Mary se tourna vers son frère, l'œil égaré.

— Dorian, qu'est-ce que cela signifie ?

— Rien Mary, répondit-il d'une voix glaciale, seulement j'en ai assez de l'odieux chantage du sieur Cantacuzène. J'ai voulu épouser Arsinoé parce qu'elle était belle et intelligente. Je rêvais de fonder un foyer. Aujourd'hui, je vois clair. Elle n'est que l'instrument de son père. Je ne veux pas me marier pour satisfaire les ambitions politiques d'un banquier.

Le sang se retira du visage d'Arsinoé.

— Ainsi, vous me renvoyez ?

Il esquissa un sourire amer.

— Nous dirons que c'est vous qui avez rompu nos fiançailles.

La jeune femme se figea. D'un geste théâtral, elle retira de son annulaire une bague de rubis et la déposa sur la surface rougeâtre d'une table en acajou.

— Entendu, cher amour, dit-elle d'une voix morne. J'attendrai jusqu'à demain matin. On dit que la nuit porte conseil. Si je ne vous vois pas demain, je comprendrai. Et alors, ce sera la guerre !

Arsinoé Cantacuzène quitta le salon, la tête haute. Elle s'éloigna d'un pas égal et seul un léger tremblement de ses mains trahissait son intense émotion. Lady Mary s'effondra sur un canapé recouvert de soierie.

— Qu'allons-nous faire ? gémit-elle. Samedi, les Foscarini donnent un bal masqué dans leur villa. Si tu n'y apparais pas avec Arsinoé, la rumeur de votre désaccord sera confirmée. Tu connais la langue vipérine de la comtesse...

Il hocha la tête, songeur.

— Tout est de ma faute, murmura-t-il.

Ils échangèrent un regard.

— Aimes-tu Annabelle ? demanda-t-elle doucement.

Il s'assombrit.

— Je n'en sais rien. Mais je l'ai blessée.

Il extirpa le médaillon de sa poche et le glissa dans les mains de Lady Mary.

— Voilà l'explication, dit-il.

En quelques mots, il la mit au courant. Il conclut :

— Le consul français vient de me communiquer ces

renseignements. Il fallait le voir. Triomphal ! Et il avait raison, je suis ridicule !

Lady Mary porta son mouchoir à ses lèvres. Depuis quelques jours, une lancinante douleur lui pénétrait les poumons. Depuis quelques jours, ses mouchoirs n'étaient plus blancs. Elle les choisissait de couleur vive. Elle toucha le bras de son frère, de sa petite main glacée.

— Oh Dorian ! murmura-t-elle, je serais heureuse que tu l'épouses.

Il lui caressa la joue.

— Je ne suis pas encore sûr de mes sentiments, Mary. Je suis simplement fasciné par sa beauté.

— C'est un bon début, sourit-elle.

Elle ne reçut aucune réponse. Au bout d'un moment, elle se redressa. La porte-fenêtre était ouverte et le rideau flottait follement. Dorian était sorti.

— Quelle jeunesse ! murmura-t-elle, attendrie.

Elle se renversa sur le canapé, en toussotant.

— Milady !

Nausika entra dans la pièce portant sur ses deux bras tendus une splendide robe à panier, rayonnant à la clarté des lampes de toutes ses broderies d'or parsemées de brillants.

Lady Mary bondit sur ses pieds.

— Ma robe de bal, s'écria-t-elle gaiement. Je vais me déguiser en Marie-Antoinette.

— Connais pas ! répliqua la servante.

— C'était une reine de France que les sans-culottes ont exécutée en 1793.

Nausika eut l'air de réfléchir.

— Alors, ça vous ira bien, conclut-elle d'un air mystérieux.

Lady Mary éclata de rire.

— Personne ne doit me reconnaître. J'aurai une

perruque poudrée et un masque de velours noir. Je suis sûre que je gagnerai le premier prix de déguisement.

— Oui, vous serez la plus belle, dit la servante.

Elle s'exprimait comme toujours, sur un ton impavide et détaché qui amusait beaucoup sa maîtresse. Celle-ci s'esclaffa :

— Mais non, ma fille, tu n'y es pas ! Le prix ne sera pas attribué à la plus belle, mais à celle ou à celui que personne n'aura reconnu jusqu'à minuit.

Elle secoua la tête, en riant.

— C'est original, non ?

— J'aimerais y être ! dit Nausika.

A la vue de Yakoumis, elle s'interrompit. Le maître d'hôtel était entré sans bruit. Il annonça pompeusement :

— Madame est servie. Au menu : feuilles de vigne, brochettes de veau, salade mimosa.

Lady Mary baissa les yeux.

— Je crains d'être toute seule à table.

Le regard de Yakoumis se fit ardent.

— Je serai avec vous, milady, murmura-t-il.

Nausika attendit qu'ils sortent. Elle palpa la robe avec délice. Elle saisit délicatement une manche en gigot garnie de riches dentelles et la posa sur sa joue.

— Pauvre milady ! monologua-t-elle.

Annabelle ouvrit les paupières. Dieu qu'elles étaient lourdes ! Il faisait nuit dans sa chambre. Il lui sembla qu'elle avait dormi pendant des heures. Elle appuya sa main sur son front endolori en gémissant. Soudain, elle se releva sur les coudes, ruisselante de sueur, les yeux écarquillés. Une haute silhouette se tenait au pied de son lit, éclairée à contre-jour par la pâle clarté nocturne. La jeune fille secoua la tête. « Je rêve, conclut-elle, ce n'est pas possible que ce soit lui. » Et cependant c'était bien la silhouette de Dorian, nettement découpée sur le clair de lune. Immobile, le jeune duc la contemplait. Rien ne bougeait sur son visage.

— Annabelle, dit-il, pardonnez-moi, je vous en supplie.

Un sourire éclaira le visage tourmenté d'Annabelle.

— Vous serez toujours pardonné, Dorian.

« M'aime-t-il ? » se demanda-t-elle. Il ne dit plus rien. A travers la moustiquaire blanche elle le vit s'en aller.

13

— Alors ? demanda Arsinoé.

Nausika baissa la tête d'un air entêté.

— Qu'allez-vous lui faire ?

Le visage d'Arsinoé s'assombrit. Elle se détourna, faisant semblant de regarder le Strand, à travers la clôture ajourée du balcon.

— Si tu as changé d'avis, je me renseignerai autrement, dit-elle du bout des lèvres.

Pour la circonstance, elle avait omis de parler avec sa voix de contralto. Les deux femmes étaient assises en tailleur, à même le tapis de sol, accoudées à des coussins multicolores. En bas du balcon, la rue s'animait lentement. Nausika tremblait. Elle tremblait de peur. Arsinoé la terrifiait. Vêtue d'une robe arachnéenne et tombante, sans taille, elle ressemblait à une reine de l'Antiquité. Impressionnée, Nausika poussa un soupir.

— Tout ce que je fais, c'est pour le bien de mon pays, bégaya-t-elle.

— Ne t'excuse pas.

Nausika avait honte. Mais il était trop tard pour reculer. Le regard pâle d'Arsinoé se posa sur elle, totalement dépourvu d'expression. La servante se mit à parler vite, comme on se jette à l'eau :

— Lady Mary arrivera chez la comtesse dans une calèche blanche conduite par Yakoumis. Il se laissera assommer comme convenu. Elle sera déguisée en Marie-Antoinette. Vous savez, cette reine qui...

— Je connais, coupa l'autre.

— Elle portera une perruque poudrée et un masque de velours noir.

Elle enfouit son visage dans ses mains en claquant des dents. Arsinoé se releva, la dominant de toute sa hauteur.

— Rentre, maintenant.

— Au château ? demanda la servante horrifiée.

— Au château ! Dépêche-toi.

Nausika acquiesça. Elle ne comprenait pas grand-chose. Elle se releva et remit son fichu noir. Puis, elle traversa un étage meublé de bahuts polychromes et de sofas, le cœur serré. Elle dévala un escalier en colimaçon, parcourut à toute allure un jardin intérieur et, sans rencontrer personne, elle se retrouva dans la rue. Déjà le soleil tapait fort. Elle se mit à courir, en pleurant. « Pauvre milady ! Pauvre milady ! » répétait-elle. Dans sa fuite éperdue, elle chercha en vain à qui elle pourrait demander conseil. Au château, Yakoumis la surveillait de près. A l'extérieur, elle ne connaissait personne. Un nom surgit brusquement dans son esprit brouillé. « Anthémios ! » Lui, il saurait garder le secret d'une confession. Elle se lança sur le chemin de la Panayia.

Lady Mary entra d'un pas léger dans la chambre d'Annabelle. Elle déposa à côté du lit un plateau contenant un copieux petit déjeuner et entreprit d'écarter les rideaux. La lumière crue se rua à l'intérieur, réveillant la jeune fille en sursaut. Lady Mary releva la moustiquaire.

— Comment va notre malade aujourd'hui ?

Annabelle lui adressa un petit sourire.

— Je... Je crois que je vais mieux, gémit-elle.

Elle constata, en même temps, que sa migraine avait disparu et qu'elle avait faim. Une bonne odeur de café lui chatouilla les narines. Fière, Lady Mary annonça :

— Du café français !

En un tour de main, elle plaça le plateau sur les genoux d'Annabelle. Emerveillée, celle-ci découvrit une cafetière fumante, des tartines beurrées, du miel, un œuf à la coque et du fromage grillé.

— Quel bonheur ! s'exclama-t-elle.

Elle se servit du café et mordit à pleines dents dans une tartine fondante. Lady Mary la regardait manger avec approbation.

— Quand l'appétit va, tout va ! déclara-t-elle, voilà trois jours que vous souffrez, pauvre petite.

— Tant que ça ?

— Hélas, oui. Je suis contente que vous vous soyez remise, d'autant que j'ai une mission délicate à vous confier.

Annabelle avala une gorgée de café brûlant. Un délice.

— Hum ! fit-elle, quelle sorte de mission ?

— Demain soir, les Foscarini donnent leur bal masqué annuel. Le prix sera obtenu par celle ou celui qui restera inconnu jusqu'à minuit.

Annabelle s'attaqua à l'œuf avec appétit.

— Vous m'en avez parlé, dit-elle, la bouche pleine.

— Je vous demanderai un grand service, Annabelle.

L'œuf était mollet, comme elle le préférait. Lady Mary s'épongea le front.

— Je ne peux pas me rendre chez les Foscarini demain soir, reprit-elle d'une voix hésitante, je suis... je suis retenue ailleurs. Vous comprenez ?

La façon dont Annabelle la considérait, la petite cuillère suspendue en l'air, prouvait manifestement qu'elle ne la comprenait pas. Lady Mary s'éclaircit la gorge.

— Annabelle, murmura-t-elle, vous n'êtes plus une enfant, je... j'ai un rendez-vous au pavillon de chasse demain soir.

Comme la jeune fille se taisait, elle s'arma de courage et continua :

— Avec l'ambassadeur suédois !

Annabelle déposa la petite cuillère sur le plateau.

— Hasselguist ? demanda-t-elle.

— Oui, lui-même.

— Il n'ira pas au bal non plus ?

Lady Mary se tamponna le visage. « Comme c'est difficile avec elle », songea-t-elle, exaspérée.

— Non, il n'ira pas au bal, riposta-t-elle avec humeur, il prétextera une migraine et il enverra son épouse.

Annabelle repoussa le plateau, écœurée. Elle n'avait plus faim.

— Je ne savais même pas qu'il existait une madame Hasselguist, murmura-t-elle. Comme elle doit être effacée. Et comme elle doit souffrir.

Lady Mary se tortilla sur son séant. « Un pieux mensonge n'a jamais fait du mal à personne », se dit-elle. Elle posa une main sur le bras de la jeune fille.

— N'allez pas imaginer un rendez-vous galant, ma chérie. C'est au sujet d'une affaire importante qui doit rester entre Hasselguist et moi. C'est un ami de longue date.

Annabelle eut l'air de se détendre. Lady Mary avala sa salive avec difficulté.

— Je ne peux pas être à deux endroits différents en même temps, poursuivit-elle rapidement, et il m'est impossible de me décommander de la réception de la comtesse. J'ai donc pensé que vous pourriez vous y rendre à ma place, sous mon déguisement.

Annabelle éclata de rire.

— C'est impossible, s'écria-t-elle, je serais immédiatement identifiée.

— Il suffira de ne pas parler. Enfin, pas trop.

— Mais que se passera-t-il à minuit quand tout le monde ôtera son masque ?

— Vous trouverez un prétexte pour vous en aller avant. Vous laisserez ma carte au laquais avec un mot écrit et signé à l'avance par moi-même.

Il y eut un silence pendant lequel chacune se plongea dans ses propres réflexions. Une sensation d'irréalité s'empara d'Annabelle. « Comment est-ce possible ? Je n'arriverai jamais à me faire passer pour Lady Mary. Je me rendrai ridicule encore une fois. Et si on me reconnaissait ? Que vont-ils penser de moi ? » Elle regarda Lady Mary.

— Ne vaut-il pas mieux jouer les malades ? demanda-t-elle timidement.

L'autre s'ébroua.

— Impossible. Mon absence conjuguée avec celle de Hasselguist paraîtra bizarre. D'autant que, comme je vous l'ai dit, il prétextera un malaise, lui aussi.

Nouveau silence. Lady Mary prit les mains d'Annabelle.

— Je vous en prie, chère cousine, rendez-moi ce service, c'est très important !

Elle s'interrompit, puis elle ajouta d'un air mutin :

— Dorian sera de la fête !

C'était l'argument choc. Amusée, la jeune fille se demanda si le duc serait capable de la reconnaître. « Peut-être, me prenant pour sa sœur, me parlera-t-il de la « petite » Annabelle, auquel cas, je répondrai par des hochements de tête ou des monosyllabes. » A la seule idée qu'elle allait revoir le duc de Clayton et connaître, éventuellement, ce qu'il pensait d'elle, Annabelle se redressa dans son lit, les yeux étincelants.

— J'accepte ! déclara-t-elle.

Lady Mary poussa un soupir de soulagement. L'atmosphère se détendait. Pouffant de rire, elles mirent certains détails au point. Annabelle, gagnée par l'euphorie de sa compagne, riait aux éclats. Après tout, et même si on la reconnaissait, qu'est-ce que cela pouvait faire ? N'était-ce pas une plaisanterie ? Lady Mary écrivit le mot d'excuse, que la jeune fille devrait remettre à un valet, sur une de ses cartes de visite : « Marie-Antoinette est lasse et vous quitte, merci pour cette charmante soirée. » Elle signa : Mary Wilde.

— N'oubliez pas, dit-elle en la remettant à Annabelle, avant minuit !

La journée s'écoula à la vitesse de l'éclair, dans une frénésie de préparatifs.

— Personne ne doit connaître la vérité, surtout pas les domestiques ! répéta Lady Mary.

14

Eblouie et glacée, Nausika regarda Marie-Antoinette descendre l'escalier de marbre. La servante n'avait jamais vu de reines, mais elle pensa qu'elles devraient être exactement comme ça. Belles, froides et majestueuses. « Qu'elle est jolie », se dit-elle, la gorge nouée. La robe à paniers soulignait la finesse d'une taille de guêpe. Le taffetas de soie blanche brodée d'or et de brillants seyait à ravir à la jeune femme qui descendait l'escalier. La perruque argentée scintillait et le masque de velours noir ne parvenait pas à effacer l'éclat de ses yeux. Nausika s'inclina profondément, en réprimant un sanglot.

— Bonne soirée milady ! chuchota-t-elle.

La « Reine » traversa le hall et sortit du château. Il sembla à la servante que, dorénavant, le compte à rebours avait commencé. Yakoumis fit avancer la calèche et la souveraine s'y engouffra, dans un froufroutement soyeux. Les quatre palefrois blancs empanachés se mirent en marche et la calèche glissa sans bruit, comme une vision. A son passage, Brandy et Noiraud aboyèrent joyeusement et le petit page, perché sur un des chapiteaux corinthiens qui bordaient l'allée principale, agita son mouchoir, en signe d'au revoir. La calèche dépassa la grille et disparut dans la nuit.

Nausika resta sur le pas de la porte, comme pétrifiée. Elle était revenue au château dans la journée comme une voleuse. Sa démarche auprès d'Anthémios n'avait servi à rien. Il n'était pas à l'église. Elle s'était précipitée à l'archevêché. Elle s'était jetée contre une lourde porte en bois de sapin. Le battant s'était entrebâillé sur un vieux moine goîtreux.

— Qu'est-ce que tu veux ? avait-il crié.

— Voir Monseigneur. C'est urgent.

L'autre l'avait scrutée d'un air soupçonneux, en penchant la tête sur le côté à la façon des poules.

— Monseigneur est absent pour quelque temps. Il est parti à Paphos ce matin visiter le monastère de Saint-Néophyte.

Son goître se déplaçait au rythme de ses paroles.

— C'est à quel sujet ?

Nausika s'était mise à reculer.

— Cela ne fait rien. Je repasserai.

Elle fixa le ciel. Un nuage d'humidité cachait la face de la lune. « C'est la volonté de Dieu », pensa-t-elle en frissonnant. Elle appela Jean pour son dîner et quand le garçonnet monta se coucher, elle se réfugia dans la cuisine, où elle resta prostrée, au milieu des chaudrons sales. Elle se leva et à pas lents, elle se dirigea vers la fenêtre. Dehors, l'humidité s'était épaissie. Elle considéra un instant son reflet dans la vitre. « Elle doit arriver maintenant » pensa-t-elle. Malgré la chaleur, elle eut l'impression que son souffle se figeait en glace au fond de sa gorge.

La calèche roulait sans bruit, dans une allée boisée. Elle avait coupé à travers un champ de céréales, s'éloignant de la Binconsfield Street, trop encombrée de charrettes et de piétons.

Annabelle se laissa bercer par son rêve. Dans sa robe

magnifique, elle avait l'impression d'être quelqu'un d'autre. Le son vibrant des violons lui parvenait de loin. « Le bal a commencé », songea-t-elle, dans une sorte de joie paisible. Dorian serait là. Peu importait son déguisement, elle saurait le reconnaître, fût-il travesti en empereur romain ou en pharaon. Le cœur de la jeune fille était pénétré d'une intense émotion. « Ce soir, quelque chose de merveilleux va m'arriver. »

La voiture s'arrêta à ce moment. Comme elle se penchait à la fenêtre, elle s'aperçut que la villa des Foscarini se trouvait en contrebas, tout près. Elle voyait nettement des lumières, auréolées d'un halo d'humidité. L'orchestre jouait un boston. « Pourquoi s'arrête-t-on ici ? » se demanda-t-elle. Juché à la place du cocher, Yakoumis ne bougeait plus. « Mais que se passe-t-il ? »

Elle poussa la portière de toutes ses forces. Rien à faire, elle était coincée. C'est alors que l'impossible se produisit. Deux silhouettes masculines débouchèrent du sous-bois, brandissant des matraques. Elle vit avec une horreur grandissante l'un des hommes grimper à l'avant, alors que l'autre se dirigeait vers elle. Il y eut un cri, puis le bruit mat d'un corps qui tombait.

— Yakoumis ! hurla-t-elle.

Le maître d'hôtel gisait à terre, sans connaissance. L'instant suivant, la portière fut arrachée littéralement par une force herculéenne et le deuxième homme se glissa dans la calèche, la bousculant sans ménagement.

— Au secours ! cria Annabelle.

Une rude main s'abattit sur sa bouche, l'étouffant à moitié. Affolée, elle entendit des coups de cravache, puis, les quatre palefrois se ruèrent en avant, emballés, entraînant la fragile voiture à une vitesse endiablée dans la futaie. Annabelle se débattit comme un animal pris au piège, en poussant des sons inarticulés. L'inconnu ôta la main qui la bâillonnait et déclara avec un fort accent chypriote :

— Calmez-vous, Lady Mary, nous ne sommes pas des assassins. Il ne vous arrivera aucun mal.

— Mais je ne...

Elle suspendit sa phrase d'elle-même. Il était difficile de prévoir la réaction de ses ravisseurs s'ils se rendaient compte qu'elle n'était pas Lady Mary.

— Calmez-vous ! répéta l'homme.

Annabelle avala sa salive. Dans l'obscurité, le visage de son agresseur semblait immatériel. Seules deux prunelles vives, deux clartés sombres, avaient une existence réelle.

— Qui êtes-vous ? souffla-t-elle.

— Des révolutionnaires.

— Les hommes du Capetan ?

Il eut un air fier.

— Ah, vous connaissez ?

La calèche amorça un virage en épingle, les jetant l'un contre l'autre. L'homme sentait la transpiration et le tabac.

— Excusez-moi, dit-il poliment.

Annabelle reprenait contenance. Pour l'instant, elle avait la vie sauve. Le temps s'était arrêté. « Dorian ! » pensa-t-elle confusément. Qu'allait-il faire en apprenant son enlèvement ? Et comment allait réagir ce mystérieux Capetan en apprenant la méprise de ses acolytes ? L'inconnu lui jeta un regard en coin. Sous le masque de velours qui cachait le milieu de son visage, Annabelle se sentait en sécurité.

— Pourquoi m'avez-vous enlevée ? hasarda-t-elle, où m'emmenez-vous ?

Il eut un geste évasif.

— Je n'ai pas le droit de vous en parler.

Le silence retomba entre eux. Les heures s'écoulaient lentement. Depuis un moment, la calèche avait emprunté une route étroite et grimpante qui cahotait dans un paysage escarpé, tout en ravins, planté de saules et de peupliers. La brume d'humidité s'était dissipée. Sous la coupole noire du ciel où se noyait un croissant de lune vermeil, les feuilles brillaient d'un éclat métallique.

Annabelle luttait contre le sommeil. Elle allait s'assoupir, vaincue par la fatigue, lorsqu'une secousse l'avertit qu'ils étaient arrivés à destination. A travers l'étroite fenêtre de la calèche, elle distingua un pan de ciel étoilé.

— Nous y sommes, annonça l'homme.

L'homme qui faisait office de cocher sauta à terre. La portière s'ouvrit à nouveau et Annabelle fut tirée à l'extérieur. Elle observa avec angoisse une chaîne de sommets aigus bouchant une partie du ciel. Les flancs de la montagne se perdaient dans les ombres. Entre les sapins, elle aperçut une cabane en rondins. Sur le perron éclairé par une petite lampe à pétrole, un homme attendait. D'un air impénétrable, il contemplait l'insolite spectacle d'une Marie-Antoinette somptueuse et fragile flanquée de deux gaillards en chausses noires. Dans la clarté rouge de la lampe, sa maigre silhouette semblait encore plus grande. Le cœur d'Annabelle cessa de battre. Elle reconnut le visiteur nocturne du château. Tout se brouilla dans sa tête.

Un des ravisseurs interpella l'homme de la cabane.

— Hé ! Capetanio !

Il répondit une courte phrase en grec. L'autre poussa Annabelle en avant. Elle continua à marcher, relevant sa traîne scintillante, obnubilée par cette grande carcasse qu'elle voyait à contre-jour. Brusquement, toutes ses suppositions lui parurent ridicules. « Yakoumis et Nausika connaissent cet homme. Et Dorian lui-même m'a défendu d'en parler. Sait-il que le Capetan visite sa demeure la nuit ? »

— Avancez ! dit le Capetan.

« Comme c'est étrange, songea Annabelle, je vais mourir à la place de Lady Mary. » Ce fut sa dernière pensée. Chancelante, elle se laissa glisser, inconsciente, sur un sol mou, tapissé d'aiguilles de pins.

Annabelle reprit connaissance. Elle ne vit d'abord que la clarté de la lampe qui se balançait à un clou fixé à la poutrelle, près du plafond. Elle aperçut ensuite le visage du Capetan penché sur elle. Une figure en lame de couteau, sous une abondante chevelure poivre et sel et un bandeau sale dissimulant l'œil gauche.

— Laissez-moi m'en aller, supplia-t-elle.

— Les imbéciles ! fit sa voix nasillarde pour toute réponse.

Il se pencha davantage. Une profonde balafre courait sur sa joue. Annabelle eut un mouvement de recul, heurtant une paroi rugueuse. Elle se rendit compte qu'elle se trouvait sur un lit de camp et qu'on lui avait retiré sa perruque poudrée et son masque.

— Vous voyez bien que je ne suis pas Lady Mary, dit-elle d'une voix plaintive.

Il se mit à arpenter le sol. Son pas nerveux faisait balancer la lampe sur la poutrelle. Sa tête touchait presque le plafond.

— Vous nous avez mis dans de beaux draps ! répondit-il.

« Cette voix ! Je suis sûre de l'avoir déjà entendue. » Elle répliqua avec aplomb.

— Vous avez été berné par un concours de circonstances. J'ai remplacé Lady Mary au dernier moment. Même Yakoumis ne s'en est pas rendu compte.

— L'imbécile !

— Pourquoi vouliez-vous l'enlever ? C'est absurde.

Il ravala sa colère.

— Je voulais forcer le gouverneur à concéder quelques droits civiques au peuple chypriote.

— Et maintenant ? Que comptez-vous faire ?

Il se laissa tomber lourdement sur l'unique chaise, et son visage fut avalé par l'ombre.

— Je n'en sais rien, marmotta-t-il, j'attends quelqu'un.

Une onde de sombre terreur reflua en elle et elle dut lutter de toutes ses forces pour la réprimer. Avec un sourire angoissé, elle hasarda :

— Je suis française. Mon enlèvement ne concerne en rien le gouverneur anglais. Admettez que vous vous êtes trompé et relâchez-moi.

Il eut un haut-le-corps.

— Rien à faire ! vociféra-t-il, je veux libérer mon pays de l'envahisseur étranger.

— Je n'en fais pas partie.

— Si ! Vous travaillez avec ceux qui nous exploitent.

— Erreur ! Je suis une employée des Clayton.

— Non, fit-il sur un ton d'irritation nerveuse, vous êtes du même clan. N'êtes-vous pas leur cousine ?

« Qui le lui a dit ? Nausika ? Yakoumis ? » s'étonna Annabelle.

— Le duc de Clayton est l'homme fort, reprit-il, personne n'est dupe. S'il s'inquiète de votre sort, on pourra peut-être négocier. Sinon...

— Sinon ?

Il se racla la gorge, puis il envoya un crachat cotonneux sur le plancher.

— Rien. On verra.

Un pressentiment de danger s'empara de la jeune fille. D'instinct, elle sauta sur ses pieds et s'élança en avant. Son geôlier bondit. Avec une agilité surprenante, il lui assena une gifle qui la déséquilibra. Elle recula, abasourdie. Il saisit avec brutalité un pan de sa robe. L'étoffe se déchira dans un crissement de papier journal.

— Restez tranquille ! menaça-t-il.

— Ne me touchez pas.

Excédé, il la rejeta à la renverse sur le lit de camp. Elle retomba sur le dos, folle de rage et de terreur.

— Espèce de sauvage ! hurla-t-elle.

Il ricana bêtement.

— C'est vous les sauvages, vous, les étrangers ! Vous étiez encore à l'âge des cavernes quand nous construisions déjà des Parthénons.

— Pourtant, vous ne ressemblez guère à Périclès.

Il renversa la chaise d'un formidable coup de pied.

— Bouclez-la.

La jeune fille se pelotonna en boule, retenant ses larmes. Pourquoi le duc de Clayton s'inquiéterait-il pour elle ? Elle n'était ni sa sœur, ni sa fiancée. Quelle folle idée que de croire qu'il allait se lancer à sa recherche. Hantée par la peur, elle regarda le Capetan. Il s'était déplacé et se tenait maintenant devant la fenêtre. Son visage se reflétait dans la vitre. « J'attends quelqu'un », avait-il dit.

Il s'appuya sur sa main qu'il posa sur le chambranle. Quelque chose miroita à son doigt, comme un prisme. Annabelle écarquilla les yeux. « La bague d'Anthémios ! » pensa-t-elle, et elle sentit que son sang se glaçait.

L'homme se retourna vivement, la tête penchée sur le côté. A son doigt, sa bague brillait d'un éclat assorti à celui de la lampe. Il scruta sa prisonnière d'un œil soupçonneux. Assise sur le lit de camp, elle avait l'air d'une écolière modèle. Mais son regard avait une expression démente.

— Je sais qui vous êtes ! dit-elle.

Il cacha sa main diamantée derrière son dos, en un geste puéril. Ils se dévisagèrent avec entêtement, la respiration précipitée. Annabelle se mordit la lèvre. La physionomie du Capetan s'estompait rapidement, au profit d'un autre personnage haut en couleur. Tout y était. L'œil manquant, le brillant, les mains osseuses et velues...

— Anthémios ! murmura-t-elle.

Le visage de l'autre se décomposa. Il redressa la chaise et s'assit, le souffle court.

— Ainsi, vous m'avez reconnu, dit-il avec lenteur, c'est dommage pour vous.

— Mais je...

— Je me croyais invincible sous la mitre d'Anthémios, le visage caché sous sa barbe noire.

Malgré l'étrangeté de la situation, Annabelle eut pitié de cet homme.

— Qu'est-il advenu du véritable archimandrite ? demanda-t-elle d'une voix altérée.

L'œil du Capetan brillait d'un éclat presque surnaturel mais sa bouche tremblait.

— Il est mort depuis des années. J'ai endossé sa soutane. Ainsi, je pouvais mieux surveiller ceux qui nous dirigent. Participer à leurs soirées, guetter leurs complots.

— Et vous avez des complices partout, observa la jeune fille.

Il la regarda avec la fixité d'un oiseau de proie qui se concentre sur sa victime.

— Oui, partout ! laissa-t-il tomber sur un ton de défi. Même chez Clayton ! Même chez le gouverneur. Mais personne ne connaît ma double identité. Sauf une personne et... vous.

Ses lèvres se retroussèrent sur le dernier mot. Annabelle baissa les yeux vers le sol. Des gouttelettes de sueur lui étoilaient le front. Obscurément, elle sentait que le duc de Clayton ne l'abandonnerait pas. Elle se rappela sa bouche ardente contre la sienne et sa caresse qui l'avait tant bouleversée. « Dorian, venez vite, mon amour. » Elle oublia qu'il était lié à une autre. Elle oublia tout. Son âme le recherchait et sa pensée fusa dans l'air nocturne, comme une prière. Son geôlier restait assis, totalement figé. Après sa confession, il était tombé dans une prostration inquiétante. Annabelle savait que tôt ou tard il sortirait de son apathie et qu'alors... elle tressaillit.

« Douce Madone, faites qu'il arrive à temps. » Pourquoi penser à la Madone aux violettes ? Elle n'aurait su le dire. Elle avait perdu le contrôle de sa pensée. Elle s'était transformée en Marie-Antoinette dans sa prison. Machinalement, elle lissa la riche étoffe déchirée. L'attente s'installa entre la captive et son gardien. La lampe s'éteignit progressivement. La seule lueur dans la cabane venait de l'extérieur. La nuit pâlissait.

Glacée jusqu'aux os, Annabelle guettait les bruits. Dans la lumière jaunâtre d'une aube incertaine, elle eut l'impression que les vieux bardeaux de bois s'incurvaient. La lampe éteinte, la porte fermée, la vitre aux reflets de plomb avaient l'air de machines infernales. Le Capetan ne bougeait pas. Dans la semi-obscurité Annabelle voyait la tache claire de son visage, sous le bandeau noir.

Soudain, il y eut des pas à l'extérieur. Elle se redressa vivement, muette d'espérance. Les pas s'approchèrent. La porte s'ouvrit doucement. Annabelle étouffa un cri.

— Bonjour ! dit Arsinoé.

15

Nausika s'abattit sur les genoux, les mains levées en un geste de supplication.

— Maintenant vous savez tout ! Milady, ayez pitié !

Lady Mary porta une main à son front. Elle était livide, mais deux plaques de fièvre lui empourpraient les joues. Elle se sentait atrocement trahie.

— Je suis responsable d'avoir engagé ce Yakoumis, dit-elle.

Elle se tourna vers son frère. Le duc de Clayton arpentait le salon comme un lion en cage.

— Qu'allons-nous faire ? demanda-t-elle.

Il ne répondit pas. Une froide résolution se lisait sur son visage. Nausika se remit à pleurer. Lady Mary vacilla.

— Dieu du ciel, nous avons été entourés de conspirateurs. Tout est de ma faute. Je fais confiance à n'importe qui.

Elle recula jusqu'au canapé et s'y laissa tomber, épuisée. Tête baissée, la servante attendait le verdict. Elle avait tout avoué, sans trop se faire prier. Presque spontanément. Yakoumis l'avait abandonnée à son sort. Après l'agression, il s'était volatilisé. Seule devant ses maîtres, elle tenta une dernière explication.

— Moi je ne voulais pas le faire. C'est mademoiselle

Cantacuzène qui m'y a forcée. C'est elle qui a tout manigancé, avec le Capetan.

Nausika termina sa phrase dans un hoquet car son regard venait de croiser celui de Dorian. Elle se tut immédiatement comme foudroyée. Il s'approcha d'elle et la releva, sans brutalité. Elle détourna la tête en reniflant. La voix du duc lui fit l'effet d'un son de cloche.

— Sortez de ma maison ! dit-il posément.

Titubante, secouée de sanglots, la jeune servante s'éloigna. Au fond, elle était soulagée qu'on la laissât en liberté. Dorian et Lady Mary échangèrent un long regard. Ensuite, il explosa :

— *Goddam !* Le gouverneur ne veut rien entendre. Il prétend que l'affaire ne doit pas revêtir une ampleur politique. Il est d'accord, en revanche, pour me donner une escorte de quinze hommes.

Il prit sa tête dans ses mains, désespéré :

— Oh Mary ! souffla-t-il, j'étais aveugle ! On a bien fait de me prévenir qu'il y avait une espionne au château. C'était Arsinoé.

Il arpenta la pièce, dans la chaude lumière du soleil. Lady Mary enfouit dans sa manche son mouchoir taché de sang. « C'est moi qu'ils auraient dû tuer, pensa-t-elle, ils m'auraient rendu service. »

Soudain la porte s'ouvrit. Jean avança dans le salon, s'immobilisant au milieu du tapis bleu et ocre, en fixant le duc de Clayton.

— Votre Grâce, articula-t-il, qu'attendez-vous pour aller libérer Annabelle ?

Dorian sursauta. Il regarda l'enfant, interloqué.

— Qu'est-ce que tu dis ? bougonna-t-il.

Le gamin releva le menton.

— Il faut y aller. Le Capetan ne la tuera pas. Mais Arsinoé la déteste. Elle est en danger.

Dorian Wilde souleva l'enfant dans ses bras. Depuis

deux jours il se demandait pourquoi le Capetan ne relâchait pas la jeune fille, une fois qu'il s'était rendu compte de sa méprise. Il en arrivait à des conclusions de plus en plus fantaisistes. « Peut-être en est-il tombé amoureux ? » se disait-il, la rage au cœur. La phrase du petit page le ramena à la réalité. Il avait oublié Arsinoé.

— Pourquoi dis-tu cela ? demanda-t-il, en s'efforçant de rester calme.

— Avant-hier, elle parlait avec Yakoumis dans le couloir. Elle lui disait : « La Française, je la tuerais bien de mes propres mains. »

Le duc pâlit.

— C'est tout ce que tu as entendu ?

L'enfant entoura de ses bras frêles et bronzés la puissante nuque de Dorian.

— J'étais caché sous le guéridon. Ils chuchotaient des choses que je ne comprenais pas. Maintenant, je sais qu'ils parlaient de l'enlèvement. Mademoiselle Cantacuzène disait : « Rendez-vous à la cabane, là-haut. »

Le duc fronça les sourcils.

— Là-haut ?

— Sur la montagne de Troodos, naturellement.

Il déposa le garçonnet à terre, le front soucieux.

— Une cabane sur Troodos...

La petite main de Jean lui tira la manche.

— Je n'ai pas terminé. L'autre soir, le Capetan lui-même a dit que c'était une cachette idéale, et qu'elle se situait du côté d'une mine d'amiante désaffectée.

Dorian Wilde sursauta. Il se souvint brusquement qu'Annabelle lui avait parlé d'un visiteur nocturne et qu'il l'avait exhortée à se taire. Il pensait, alors, que la jeune fille avait dû surprendre un rendez-vous galant de Lady Mary.

— Quoi ? souffla-t-il, ici ? dans ma maison ?

Jean se réfugia dans les bras de Lady Mary. Celle-ci se renversa sur les moelleux coussins, exsangue.

— Cours vite la chercher, Dorian, murmura-t-elle.

Sans remarquer le teint cireux de sa sœur, le duc de Clayton s'élança en avant. La lourde porte du château se referma sur lui. Lady Mary resta un moment immobile, respirant difficilement, en serrant l'enfant contre elle. Elle entendit le hennissement d'Assour, puis une folle cavalcade dans l'allée.

— Pourvu qu'il arrive à temps, chuchota-t-elle.

— Il y parviendra, fit l'enfant.

Elle le regarda tendrement.

— Oui, il y parviendra, mon fils ! dit-elle en pleurant.

16

Le Capetan se redressa de toute sa hauteur devant Arsinoé.

— Non ! dit-il avec véhémence, cela fait deux jours que je t'écoute. Tes histoires personnelles ne me concernent pas.

Arsinoé le dévisagea, l'œil mauvais.

— Elle sait trop de choses, affirma-t-elle, tu ne pourras plus jamais réapparaître sous les traits d'Anthémios.

Il eut un rictus de mépris.

— Tant mieux ! J'en avais assez de cette vieille fripouille. J'en étais arrivé à m'identifier à lui. A *penser* comme lui, moi le pur révolutionnaire. J'ai réfléchi pendant que je t'attendais. Je prendrai le maquis.

Sur son lit de camp, Annabelle baissa le nez dans une gamelle de lentilles qu'on avait bien voulu lui donner. Elle ne comprenait pas ce que les deux complices se racontaient. Mais elle savait que son destin était sur le point de se jouer.

— Tu es lâche ! dit Arsinoé.

— Non, dit le Capetan, je refuse de mettre à mort une innocente.

La jeune femme baissa les yeux. Une grande agitation montait en elle. Sa haine lui brûlait les entrailles et elle avait le corps aussi froid qu'un iceberg. Une lueur d'aberration brilla entre ses cils.

— Tu as raison, Capetan. Tu es un guerrier et non un vulgaire assassin. Il faut que chacun suive sa destinée.

Il hocha la tête, soupçonneux.

— Te voilà bien raisonnable, tout à coup.

— Que veux-tu ? C'est toi le chef. Je retournerai chez mon père et il me pardonnera, comme toujours.

Elle se tut un instant. « J'ai bien fait d'apporter le coutelas », se dit-elle. Subrepticement, elle toucha la masse froide et acérée qui gisait au fond de son sac, enroulée de chiffons. Elle n'eut aucun regard pour Annabelle, de peur que ses véritables sentiments n'apparaissent. Elle regarda le Capetan.

— Je propose que nous la laissions ici. Va m'attendre dehors, j'aimerai lui parler.

— Comme tu veux. Mais fais vite.

Il se dirigea pesamment vers la porte. Avant de sortir, il se retourna vers sa prisonnière.

— Au revoir, mademoiselle de Villermont, dit-il, bientôt vous serez libre. Excusez-moi pour l'aventure que je vous ai fait subir. Pensez seulement que les peuples ont le droit d'être libres.

— J'y songerai, répliqua la jeune fille d'une voix émue.

Elle lâcha la gamelle à même le sol et se rallongea sur le lit. Elle considéra le plafond piqueté, baignée de transpiration. Une boule dans sa gorge l'empêchait d'avaler. Ses cheveux emmêlés encadraient son visage aminci où l'insomnie et l'angoisse avaient laissé leur empreinte.

— A nous deux ! fit Arsinoé.

La jeune fille ne daigna pas la regarder.

— Je n'ai rien à vous dire, répondit-elle, vous avez trahi l'homme qui allait vous épouser.

Arsinoé rejeta la tête en arrière, avec un rire de gorge.

— Mais il va m'épouser !

Sa mâchoire claquait à chaque syllabe. Muette de stupeur, Annabelle se releva sur son séant.

— Quoi ? Allez-vous continuer à lui jouer cette effroyable comédie ?

— Et qui m'en empêchera ?

— Moi ! Vous êtes une vipère. Le duc doit apprendre à qui il a affaire.

L'autre lança son bras à toute volée. Sa paume s'abattit contre le visage d'Annabelle.

— Vous aimeriez bien être à ma place, hein ? sifflat-elle.

Annabelle se leva. La marque sur sa joue passa du blanc au rouge vif.

— Non, pour rien au monde je n'aimerais être à votre place. Moi je n'épouserai jamais quelqu'un que je n'aime pas. Car vous ne l'aimez pas, sinon vous ne comploteriez pas contre lui.

Arsinoé plongea sa main droite dans son sac. Le couteau était là. Ses narines palpitèrent.

— Pauvre idiote ! glapit-elle, vous êtes éprise de Dorian. Mais il m'appartient. Il n'imaginera jamais que j'ai participé à cette affaire. Yakoumis a quitté le château et Nausika est trop craintive pour vendre le morceau.

Annabelle fit un pas en avant, le cœur soulevé par un sentiment de dégoût.

— Laissez-moi passer. Je ne permettrai pas que vous fassiez du mal à Dorian et à Lady Mary.

Les doigts d'Arsinoé saisirent le manche de l'arme.

— Ne bougez pas ! intima-t-elle.

Au même moment, elle extirpa le couteau de son sac. Un rayon ricocha sur la lame, incurvée en son centre à force d'affûtages. La jeune fille se figea, pétrifiée de terreur. Arsinoé leva sa main armée. La voix d'Annabelle s'enfla d'un cri. L'autre s'avançait. Un sourire effrayant lui étirait les lèvres. Le dos d'Annabelle s'appuya contre le mur. Les yeux agrandis, elle observa la courbe luisante de la lame.

L'autre se mit à ricaner.

— Vous avez cru que vous m'enlèveriez mon fiancé ? Comment une pareille idée a pu faire surface dans votre minuscule cervelle ? Je vous tuerais pour moins que cela ! J'ai voulu enlever Lady Mary et la Providence a agi de telle sorte que vous avez été capturée à sa place.

Annabelle se sentit défaillir. Elle s'adossa à la cloison, luttant de toutes ses forces contre l'horreur qui l'envahissait. Il lui sembla que des bruits étouffés lui parvenaient du dehors, mais elle crut rêver. Un hennissement fusa dans la forêt. Le couteau décrivit un arc de cercle étincelant. D'instinct, Annabelle se jeta vivement sur le côté et la lame, au lieu de s'enfoncer dans sa poitrine, lui égratigna l'épaule, à travers la manche bouffante de son costume. Annabelle hurla. Une nausée la saisit. Arsinoé reprit son élan. La jeune fille partit en avant, la peur au ventre. Le couteau l'atteignit au flanc, de biais, déchirant sa robe, et laissant sur sa chair un sillon sanguinolent. Annabelle gagna la cloison du fond en chancelant.

Arsinoé brandit le couteau à bout de bras. Ses yeux lancèrent une gerbe d'étincelles.

— Adieu mademoiselle de Villermont, soufflat-elle.

Au même moment, la porte s'effondra comme sous l'effet d'un ouragan. La haute silhouette du duc de Clayton se dessina dans l'embrasure. Arsinoé laissa tomber le couteau qui se planta à même le bois du plancher. Elle enfouit son visage dans ses mains, éclatant en sanglots. Dorian Wilde s'avança juste à temps pour soulever Annabelle dans ses bras.

— Ma chère petite fille ! dit-il, en la serrant tendrement sur son cœur.

Elle posa sa tête blonde au creux de son épaule et ferma les yeux. De sa belle robe, il ne restait que des lambeaux dorés, maculés de sang et de boue. Annabelle passa ses bras autour du cou de Dorian, en un geste de confiance. Sous un sapin, elle aperçut, comme dans un rêve, le Capetan, poings liés, flanqué de deux soldats anglais. A côté de la route, elle vit Yakoumis torse nu, les mains plaquées sur sa tête.

— Je veillerai à ce qu'ils soient punis, assura le duc.

Elle secoua la tête faiblement : « Non, pas de punition, assez de haine. » Dorian Wilde la regarda avec adoration.

— Je vous aime Annabelle.

Elle lui sourit, à travers ses larmes.

— Moi aussi je vous aime, répondit-elle, depuis que vous m'avez promenée sur votre cheval, à Arromanches.

Il resserra son étreinte.

Assour galopait, la crinière au vent, emportant sur sa selle Dorian et la jeune fille qu'il tenait serrée contre lui. Annabelle le regarda avec extase.

— Je vous retrouve, mon beau cavalier ! murmurat-elle.

Les cheveux brun mordoré de Dorian Wilde flottaient autour de son mâle visage et comme naguère, ses yeux étaient si sombres qu'ils projetaient des ombres sur ses joues.

— Epousez-moi Annabelle, dit-il.

17

Le *King Henry* était amarré au large. Silencieux, le rameur conduisait la chaloupe vers le navire. L'esquif s'enfonça lentement dans la sphère bleue des eaux et du ciel, laissant une rigole d'écume à son passage. Assise sur le banc, emmitouflée dans un paletot, le visage tourné vers l'embarcadère qui s'éloignait, Lady Mary agita son mouchoir. A travers ses larmes, elle apercevait, sur le ponton sur pilotis, les trois êtres auxquels désormais elle tenait le plus au monde. Elle avait porté beau jusqu'au moment de son départ. Tant pis, maintenant ses nerfs pouvaient craquer. Elle jeta un dernier regard vers le Strand et un pâle sourire étira ses lèvres. Elle vit Dorian enlacer Annabelle d'une main, donnant l'autre main à Jean.

Lady Mary essuya ses larmes.

— Je reviendrai vite ! avait-elle dit courageusement en les embrassant tous les trois. Je guérirai vite.

— C'est loin, l'Angleterre ? avait demandé Jean.

Elle l'avait enveloppé d'un tendre regard.

— Non, mon enfant, quand on aime les gens, on se sent tout près d'eux.

Puis, se tournant vers Annabelle.

— Je vous le confie, chère cousine. Je pars rassurée, car je laisse mes deux hommes en bonnes mains !

La distance avait rendu minuscule la silhouette sombre de l'enfant. Lady Mary laissa couler ses larmes. « Le reverrai-je ? » pensa-t-elle, angoissée. Elle sentit un léger choc. La barque venait de s'arrêter, jouxtant la coque du navire. La grande cloche qui donnait le signal du départ sonnait aux oreilles de Lady Mary comme un glas.

Un matelot l'aida à se hisser sur le pont avant. Elle s'accouda à la rambarde. Là-bas, à l'horizon, baignée de lumière rose et blanche, Larnaca s'apprêtait à vivre un nouvelle journée.

— Adieu ! murmura-t-elle.

Le *King Henry* s'avançait vers le large, fendant cruellement les flots bleus. Annabelle continuait d'agiter son mouchoir, ainsi que le petit page Jean. Depuis que Lady Mary s'était embarquée, celui-ci n'avait pas bougé d'un pouce. Stoïque, sous le soleil accablant, il regardait partir celle qui l'avait sauvé de la pauvreté et de sa misérable escorte. Mais elle était bien plus pour lui qu'une protectrice.

— Maman, murmura-t-il, d'une voix si inaudible, presque intérieure, que personne ne l'entendit.

Dorian se tourna vers Annabelle. Malgré l'émotion de voir sa sœur partir en Angleterre, à la suite d'une crise d'hémoptysie, il ne pouvait s'empêcher d'être pénétré d'un immense bonheur.

— Voulez-vous rentrer, Lady Clayton ? demanda-t-il.

Annabelle acquiesça.

— Oui, rentrons chez nous, milord.

Il lui donna un baiser qui la laissa défaillante.

— J'ai hâte de rentrer et de me retrouver tout seul avec mon adorable épouse !

Elle devint écarlate.

186

— Pas devant l'enfant ! gronda-t-elle.

Le petit page haussa les épaules.

— Eh bien, quoi ! C'est normal qu'un homme veuille se retrouver seul avec la femme qu'il aime. Surtout lorsque cette femme c'est vous !

— C'est que j'ai un sérieux rival ! plaisanta le duc.

Jean eut un petit geste triste.

— Je rentre au château. J'ai besoin de solitude.

Ils respectèrent sa décision et son chagrin. L'enfant prit le dédale des ruelles et disparut. Dorian saisit la main d'Annabelle.

— Ma chérie, dit-il, je vous remercie d'être venue.

Ils firent quelques pas sur le Strand. Les étalages croulaient sous les légumes, les citrons, les pêches, les grappes de raisin, les caroubes. Souriants, les paysans chypriotes saluaient le duc anglais et sa jeune épouse. Leur hostilité précédente s'était dissipée, comme un mauvais songe.

Deux gavroches, toujours fourrés sous les présentoirs, les regardèrent passer, avec stupeur.

— Dis, Andréas, susurra Pylade, ta mère avait tort. Tu vois bien que Clayton a épousé une autre femme.

Andréas se cala sur ses coudes, l'air méprisant.

— Tu n'y es toujours pas, mon pauvre Pylade ! Tu ne suis pas le progrès. Maintenant, ma mère dit que Lady Clayton ressemble à la Madone et qu'elle va nous aider.

La main d'Annabelle se crispa sur le bras de son époux. Une paysanne lui faisait signe d'approcher. « La paysanne grecque », constata-t-elle. La femme unissait ses deux mains rougies autour d'un bouquet de violettes constellées de rosée. Annabelle prit le bouquet, en la remerciant. Le femme lui sourit :

— *I Panayia,* affirma-t-elle, sans crainte ni exaltation.

Dorian et Annabelle traversèrent le marché en toute

quiétude. On eût dit qu'un mauvais sort s'était délié, car tous les Chypriotes les saluaient, comme on salue quelqu'un qu'on aime bien ou, qu'en tout cas, on a accepté. Au bout du marché, Annabelle s'arrêta sous la stèle de Cimon l'Athénien.

— Encore un aveugle ! plaisanta Annabelle.

Il lui effleura la tempe de ses lèvres.

— Oui, mais lui, il ne risque pas de recouvrer la vue ! riposta-t-il.

Ils éclatèrent de rire. Dans le landau ducal qui les ramenait au château, Dorian embrassa si souvent son épouse et avec tant de passion, qu'elle dut le repousser, en riant. Ils se regardèrent, amoureusement. Un petit nuage obscurcissait les yeux bleus d'Annabelle. Le duc lui caressa la nuque.

— Qu'y a-t-il, mon amour ?

Elle posa sa joue contre son gilet pourpre.

— Votre Grâce, je voudrais vous demander une faveur, mais je n'ose pas.

Il lui mordilla le lobe de l'oreille.

— Ce retour au protocole témoigne de la gravité de l'affaire.

Annabelle s'arma de courage.

— Nous sommes aujourd'hui le quinze Août. C'est la fête de la Vierge. Je vous demande de gracier le Capetan.

— Lady Annabelle, seriez-vous en train de faire, vous aussi, de la politique ?

Elle secoua ses boucles, horrifiée.

— Non ! Dorian, je te le jure, mais j'aimerais aller jusqu'au bout de la légende. Les violettes annonçaient un miracle ou un fléau, n'est-ce pas ?

Il la serra contre lui, très fort.

— Oui, mon Annabelle. Elles annonçaient le miracle de l'amour. Sois tranquille. Nous libérerons ton Capetan et tu seras une bonne Lady pour ce peuple.

188

Ils s'enlacèrent, passionnés. Le landau roulait dans l'allée des acacias. Le chant des cigales se répercutait d'arbre en arbre. Devant la grille du château, Dorian sauta à terre et la prit dans ses bras.

— J'ai un présent pour toi, mon amour, que dirais-tu si nous faisions venir à Chypre cette brave vieille Clémentine ?

— Oh ! Dorian ! Je dirais que c'était vraiment un miracle qui nous a été annoncé !

La joie intense qu'il lut dans ses yeux le remplit d'un apaisement immense. Ils avancèrent vers le château, étroitement enlacés, sous la lumière blanche du matin.

Un suave parfum de violette flottait dans l'air.

*Achevé d'imprimer
le 15 mars 1980
sur les presses de
Métropole Litho Inc.
Anjou, Québec - H1J 1N4*

Tous droits réservés
Dépôt légal — 1er trimestre 1980
Bibliothèque Nationale du Québec

LES SUCCÈS À LA TÉLÉVISION
DE RADIO-CANADA

1	2	
JORDACHE	JORDACHE	CROISEE
☐	☐	☐
513 PAGES	333 PAGES	442 PAGES
$14.95	$14.95	$14.95

1	2
CAPITAINE	CAPITAINE
☐	☐
312 PAGES	308 PAGES
$10.95	$10.95

ÉCRIRE EN LETTRES CARRÉES

Veuillez me faire parvenir: "Cochez ☑ selon vos désir"

Nom ....

Adresse...

Ville... Code ....

Ci-joint un chèque un mandat de $...

VOUS POUVEZ RECEVOIR CES LIVRES CHEZ VOUS,
REMPLISSEZ CE COUPON, JOIGNEZ-Y VOTRE CHÈQUE OU
MANDAT ET ADRESSEZ-LE À:

LES PRESSES DE LA CITÉ LTÉE

9797 TOLHURST, MONTRÉAL, P.Q., CANADA H3L 2Z7